कुसुम खेमानी की प्रिय कहानियाँ

कुसुम खेमानी

भारतीय ज्ञानपीठ

लोकोदय ग्रन्थमाला : ग्रन्थांक 1385

ISBN 978-93-87919-36-5

कुसुम खेमानी की प्रिय कहानियाँ
(कहानी-संग्रह)
कुसुम खेमानी

प्रकाशक : **भारतीय ज्ञानपीठ**
18, इन्स्टीट्यूशनल एरिया, लोदी रोड, नयी दिल्ली-110 003

मुद्रक : विकास कम्प्यूटर्स ऐंड प्रिन्टर्स, दिल्ली-32

आवरण : महेश्वर

KUSUM KHEMANI KI PRIYA KAHANIYAN
(Short-stories)
By Kusum Khemani

Published by
Bharatiya Jnanpith
18, Institutional Area, Lodi Road, New Delhi-110 003
Ph. : 011-24698417, 24626467; 23241619 (Daryaganj)
Mob. : 9350536020; e-mail : bjnanpith@gmail.com
sales@jnanpith.net; website : www.jnanpith.net

First Edition : 2019
Price : Rs. 175

कुसुम खेमानी की प्रिय कहानियाँ

कुसुम खेमानी की प्रिय कहानियाँ

(कहानी-संग्रह)

अनुक्रम

अनुगूँज ज़िन्दगी की

'रुम्पा भाग गयी!' यह वाक्य पूरे ब्रह्मांड में गूँज रहा था और सुचित्रा का निढाल हाथ पकड़े सावित्री देवी सोच रही थीं कि कल की-सी तो बात है, जब वे और सुचित्रा...

पल भर में ही वे स्मृतियों के आकाश में उड़ चलीं और घटनाओं के सिलसिलेवार चित्र किसी जादुई डिब्बे से बाहर निकलकर, उनके सामने तैरने लगे।

"शुचित्रा, तोमारा लेड़की रुम्पा को देखने से हमको अयसा लोगता है, मानो बेला-जूही के फूलों से भोरा डाल लचक रहा हो! आहा कितना प्यारा! कितना सुन्दर है रुम्पा!"

"सावित्री, तुमसे सौओं बार कहा है कि तुम मुझसे साफ़ हिन्दी में बात किया करो, क्योंकि मैं लखनऊ की बंगाली हूँ, पर तुम्हें याद ही नहीं रहता। तुम्हें सही बांग्ला तो आती नहीं, इसलिए तुम हिन्दी को बिगाड़कर उसे बांग्ला का चोंगा पहना देती हो, जिससे मेरी हिन्दी भी बिगड़ जाती है। ओ हो सॉरी! तुम्हें बीच में ही टोक दिया। हाँ, तो कहो। तुम रुम्पा के बारे में क्या कह रही थी?"

"बस कुछ ख़ास नहीं, इतना ही कि तुम्हारी रुम्पा लाखों में एक है। गोरी-चिट्टी न सही, पर उसके गेहुँए रंग में जो नमकीन लुनाई है, वह अद्‌भुत है। उसके नाक-नक्श भी बहुत ही सुघड़ हैं, पर पता नहीं क्यों इन सबको तीखे कहने का मन नहीं करता। शायद इसकी वजह रुम्पा की खड़ी नाक, बड़ी-बड़ी खिंची हुई आँखें, वह रेशम-सी कोमलता है कि जिसके लिए 'तीखे' की उपमा भी देना बहुत तीखा लगता है। सच सुचित्रा! रुम्पा इतनी प्यारी बच्ची है कि मुझे सदा उसके नज़र लगने का डर लगा रहता है। हे भगवान! उसकी रक्षा करना।" हरियाणवी सावित्री देवी ने यह बात पूरी आँखों से आकाश को देखते हुए ऐसे कही, मानो वे भगवान को उसकी जिम्मेदारी सँभलवा रही हों।

सुचित्रा और सावित्री देवी न केवल तीस वर्षों से पड़ोसन थीं, बल्कि सगी बहनों से भी ज़्यादा एक-दूसरे पर जान देती थीं। इन दोनों की यह असम्भव-सी दोस्ती पूरे मुहल्ले में ही नहीं, दोनों ओर के रिश्तेदारों तक में ख्यात थी। दोनों परिवारों

के रहन-सहन का स्तर बहुत हद तक एक सा था और दोनों ही परिवार किसी भी प्रकार की तड़क-भड़क और आडम्बर के सख़्त खिलाफ़ थे, फिर वे चाहे धर्म के नाम पर किए जाने वाले कर्मकांड ही क्यों न हों! इन परिवारों की दोनों 'धिरानियों' की तरह ही इनके घरों में देवी सरस्वती और देवी लक्ष्मी दो विपरीत पालों में नहीं, बल्कि एक-दूसरी की सहधर्मिणी बनी हुई वास करती थीं अर्थात् इनके यहाँ समृद्धि के साथ-साथ विद्या, संस्कृति और साहित्य भी श्रेष्ठ स्थिति में विद्यमान थे।

ये दोनों परिवार एकदम समदृश्य जुड़वाँ भाई-बहनों-से थे। आमतौर पर बहिरंग का साम्य तो फिर भी सम्भव हो जाता है, पर आश्चर्यजनक ढंग से इन लोगों का अन्तरंग भी एक-सी विचारणा से रचा-बुना हुआ था। इनके दैनन्दिन क्रियाकलाप में दर्शन की आधुनिक परिभाषाओं का व्यावहारिक प्रयोग चौंकानेवाला था। कोई भी गहन-गम्भीर चर्चा होने पर अकसर पाया जाता था कि ये लोग एक-सी बोली बोल रहे हैं और एक-सा सोच रहे हैं। मसलन, ये परिवार आधुनिकता को उच्छृंखलता नहीं, परिपक्व स्वच्छन्दता मानते थे, और ज़मीन-जायदाद में ही नहीं, व्यापार में भी बेटे-बेटियों को बराबरी का हिस्सा देते थे। पढ़ाई-लिखाई, घरेलू कामकाज आदि में भी इनके यहाँ लड़के-लड़कियों की समान भागीदारी होती थी। यहाँ तक कि यदि लड़की खाना पकाएगी, तो उसके भाई को भी उसका साथ देना होगा। इस जैसी कई मान्यताएँ इन लोगों की दैनिक दिनचर्या में शामिल थीं।

रुम्पा और मैं अर्थात् अलका इन्हीं परिवारों की लड़कियाँ थीं। रुम्पा अकेली थी, और मेरे ऊपर एक बहन और नीचे एक भाई था। कहना बेकार है कि मेरा भाई और दीदी उसकी दीदी और भाई ज़्यादा थे, मेरे कम। हमारे घर में भी चौबीसों घंटे रुम्पा-जाप चलता रहता और उस घर में मेरी भी थोड़ी-बहुत बढ़ाई होती रहती थी। मैं और रुम्पा दो दिन की 'छोट-बड़' थीं, इसलिए हमारी माँओं ने हमारी परवरिश भी जुड़वाँ बहनों की तरह ही की थी। यदि कोई ख़ुर्दबीन लेकर भी खोजता, तो उसे इन परिवारों में एक भी चीज़ ऐसी न मिलती, जो अकेली हो। यहाँ तक कि उपहार देने वाले भी इनके यहाँ जुड़वाँ चीज़ें ही देते थे, अन्यथा वे जानते थे कि उनका उपहार किसी और को दे दिया जाएगा। जैसा कि आमतौर पर इन हरक़तों का नतीजा होता है, मैं और रुम्पा भी माँ और सुचित्रा मासी का आधुनिक संस्करणी इतिहास दोहराते हुए एक-दूसरे पर जान छिड़कने लगे थे।

अनवधान में ही पता नहीं कब हम कक्षा पहली-दूसरी से कूदते हुए एम.ए. की कक्षाओं में बैठने लगे थे। लोकोक्ति है कि 'जवानी में तो गधी भी परी लगती है', यहाँ तो परी-सी रुम्पा थी उसका यौवन किसी भी रम्भा, उर्वशी और मेनका को मात क्यों न देता?

माँ ने तो जनमते ही उसका नाम 'फूलों की डाल' रख दिया था। अब जब,

कामदेव की प्रिय ऋतु वसन्त उस फूलों भरी डाल के सारे फूलों को खिलाकर, यौवन के भार से उसे लचका रहा हो, तो यूनिवर्सिटी के ढेरों-ढेर लड़के उस पर भ्रमर की तरह क्यों न मँडराते? पर बचपने की सादगी से भरी बिन्दास रुम्पा इन सारे लटके-झटकों से बेपरवाह अपनी नागिन-सी लम्बी चोटी को ऐसे झटककर चलती मानो यह इंगित कर रही हो कि यदि कोई उसके पास आने की जुर्रत करेगा, तो वह उसे तुरन्त डँस लेगी।

सर्वगुण सम्पन्न! अद्वितीय सुन्दरी! अच्छे घर-घराने की ऐसी अद्‌भुत लड़की को भला कौन अपने परिवार की लक्ष्मी बनाना नहीं चाहेगा? धनाढ्य बंगाली खानदान ही नहीं, यू.पी. और मारवाड़ी परिवार भी अकसर चर्चा में मुब्तिला रहते कि 'आख़िर है तो खानदानी ब्राह्मण परिवार की, और ऊपर से हिन्दी एम.ए. में फर्स्ट क्लास। इससे साफ़ ज़ाहिर है कि उसकी मानसिकता हम लोगों जैसी ही है। फिर वैसे भी आजकल बंगाली, मारवाड़ी और 'यूपीआइट' में भेद ही कहाँ रहा है।' आदि प्रश्नोत्तर के साथ वे स्वयं ही इस बहस का समापन कर देते।

यह तथ्य विस्मृत कर देनेवाला था कि कई एक महापुरातनपन्थी परिवार भी रुम्पा के लिए सारे समझौते करने को तैयार थे और फिर उन्हें ग़लत कैसे कहा जाए? आख़िर रुम्पा ऐसी ही अतुलनीय थी, जिसकी तुलना केवल उसी से हो सकती थी।

अचानक एक दिन रुम्पा ने कहा, "अलका, मैंने निर्णय कर लिया है कि मैं पी-एच.डी. का फ़ालतू बोझ नहीं ढोऊँगी! और फैशन डिज़ाइनिंग का कोर्स करूँगी।" रुम्पा की इस बात से मुझे ख़ास आश्चर्य नहीं हुआ, क्योंकि इन दिनों रुम्पा में एक विचित्र तरह का परिवर्तन दिखाई दे रहा था। जैसे उचाट और बेस्वाद मन को परिभाषित नहीं किया जा सकता, वैसे ही रुम्पा के व्यवहार को कोई सटीक नाम देना सम्भव नहीं था। वह अनमनी-सी, न कटु, न मीठी, एकदम निस्संग इधर से उधर घूमती रहती। उसके रंग-ढंग देखकर मुझे बहुत ही शिद्‌दत से महसूस हो रहा था कि मुझसे अपनी हर साँस तक का साझा करने वाली रुम्पा आजकल मुझसे जो औपचारिक बातें कर रही है, ज़रूर उनके पीछे कोई राज़ छिपा हुआ है।

अन्त में मुझसे रहा नहीं गया और एक दिन अकेले में मैंने उसकी कलाई ज़ोर से पकड़कर, उसकी आँखों में झाँकते हुए बहुत ही अपनापन से पूछ बैठी, "रुम्पा! सच बताओ, आख़िर माजरा क्या है?" तो क्षण भर भी चुप न रहनेवाली रुम्पा सहमकर एकदम मौन हो गयी और जो कुछ बोली उसे सुनते ही एक चीज़ के साथ ये शब्द मेरे मुँह से निकले, "हे भगवान! रुम्पा मत मारी गयी है तुम्हारी जो तुमने उस कुंजड़े के लड़के प्रदीप को चुना? ठीक सही कि अपन लोग जात-पांत नहीं मानते और वह तुम्हें हमेशा से ही ललचाई आँखों से देखता रहता है, पर ऐसे तो सैकड़ों 'फिज्जुले' तुम्हारे इर्द-गिर्द चक्कर काटते ही रहते हैं, तो क्या तुम्हारा इरादा

सबको वरमाला पहनाने का है? रुम्पा, मुझे पक्का यक़ीन है कि उसने हिन्दी एम.ए. में भी, तुम्हें फाँसने के लिए ही प्रवेश लिया था, ताकि तुम्हारे इर्द-गिर्द बना रहकर तुम सरीखी इन्टेलिजेन्ट, पर सरल-शरीफ़ लड़की को अपने जाल में फाँस ले।

"तुम्हें याद नहीं, हमारे सबसे प्रिय शिक्षक शास्त्री सर कहा करते थे कि यहाँ लड़के पढ़ने नहीं, मस्ती करने के लिए आते हैं। इतनी कम फीस में किसी क्लब का सदस्य बन पाना तो नामुमकिन है, इसलिए ये लोग यहाँ कम पैसों में उपलब्ध चाय-समोसा खाते हुए, अपना सारा दिन लफन्दरपना करते हुए गुज़ार देते हैं। सरकारी नियम के तहत फेल करने की मुमानियत होने से ये लड़के जैसे-तैसे डिग्री ले ही लेते हैं।

"रुम्पा! शास्त्री सर की बात से पूरी तरह सहमत होने के साथ-साथ मैं उसमें यह भी जोड़ना चाहूँगी कि यदि इन लोगों के सौभाग्य से कोई बेवकूफ गुणवती मछली इनकी बंसी में फँस जाए, तो इनके तो पौ बारह हो जाते हैं।

"रुम्पा! हो सकता है इस डिग्री से मौसा जी और सुचित्रा मासी के सामने इसके कम पढ़े-लिखे होने की बात खत्म हो जाए, पर कुछ तो सोचो, कहाँ अपन लोग और कहाँ वे लोग! तुम्हें दूर-दराज तक भी कोई मेल नज़र आता है? किसी को जीवन साथी चुनने में बात केवल रुपये-पैसे तक ही सीमित नहीं होती, क्योंकि किसी भी व्यक्ति के चरित्र की बुनावट में परिवेश और परवरिश की उसके धन से भी ज़्यादा अहम भूमिका होती है। रुम्पा! तुम्हारी बात सुनकर मेरा तो सिर घूम रहा है। और मैं अकेले इस राज़ को सह पाने में असमर्थ हूँ, इसलिए मैं अभी जाकर मौसा जी और मासी माँ को सारा क़िस्सा बताती हूँ।"

यह सुनते ही रुम्पा हिलक-हिलककर रोती हुई मुझसे ऐसी चिपकी कि उससे जान छुड़ाना मुश्किल हो गया। उसका काया-फोड़ कलपकर रोना देख मेरा कठोर मन भी द्रवित होकर, आँखों से बड़े-बड़े आँसू टपकाने लगा और उसकी पीठ पर अपना सान्त्वना भरा हाथ फेरती हुई मैं कहने लगी, "ठीक है, कोई बात नहीं। पर वादा करो कि तुम उस प्रदीप नाम के पंछी को कभी भी अपने आस-पास पर नहीं मारने दोगी, मंज़ूर है?"

मेरी बात के समर्थन में तेज़ी से अपनी गरदन को हामी में ऊपर-नीचे करती हुई रुम्पा जल्दी से मेरे और ख़ुद के आँसुओं को सुबकती हुई अपने दुपट्टे से पोंछने लगी।

लगा कि रुम्पा अपने वचन पर कायम है; क्योंकि उन दिनों उसने अपनी चौबीसों घंटों वाली मुस्कराहट का विनिमय उदासी और गम्भीरता से कर लिया था। उसके ये रंग-ढंग देखकर भी मैंने न तो उसकी कोई मान-मनौवल की और न ही मनुहार भरे लाड़-प्यार से उसे पुचकारा, जिसके कारण अजाने ही हम दोनों के बीच, अनावधान की एक 'अदृश्य दीवार' खड़ी हो गयी।

सुचित्रा मासी और माँ ने हमें सन्दिग्ध नज़रों से देखते हुए कई तरह से घुमा-फिरा कर हमारा भेद लेने की कोशिश भी की, पर वे दोनों ही इसमें पूरी तरह नाकाम रहीं।

इन दिनों रुम्पा के चारों ओर मैंने अपनी कड़ी निगरानी का अलक्षित वृत्त खींच रखा था। अब उसके क्रिया-कलाप से क्रमशः मुझे विश्वास हो चला था कि रुम्पा ने ग़लत की जगह सही रास्ता चुन लिया है। आजकल वह कभी-कभार मुस्कराती हुई भी देखी जाने लगी थी और अपनी कक्षाओं में भी बिना ग़ैरहाज़िरी के नियमपूर्वक उपस्थित होती थी। इन सब कारणों के प्रतिफलनस्वरूप अनायास ही हमारे सम्बन्धों के बीच की सख़्त बर्फ़ पिघलने लगी और दूरी की उस अदृश्य दीवार का वजूद भी बिला गया।

रुम्पा ने जब फैशन डिजाइनिंग में टॉप किया, तब तो मुझे पक्का विश्वास हो गया कि हो न हो वह पूरी तरह सुधर गयी है।

पर कच्ची उम्र का तक़ाज़ा और कपटी पुरुष का छल—इसकी थाह कहाँ? सो एक दिन अपने प्रेम को शाश्वतता का दर्जा देते हुए, वह भोली और भावुक रुम्पा प्रदीप-रूपी 'आग का दरिया' में आँखें मूँदकर कूद गयी।

न स्टेशन पर, न एयरपोर्ट पर, न रिश्तेदारों के यहाँ, न प्रदीप की चाल में। उसका कहीं भी, कोई भी अता-पता न था। पुलिस ने प्रदीप के माँ-बाप को काफी डराया-धमकाया भी। पर वे ऐसे चुप रहे मानो उन्हें साँप सूँघ गया हो।

उस दिन रात भर रोना-धोना चलता रहा और मित्रों, रिश्तेदारों से भरे हॉल में तरह-तरह के प्रयासों के बीच जब यह प्रश्न पूछा जाने लगा कि परीक्षा में प्रथम आने के बावजूद रुम्पा ने आत्महत्या क्यों की, तो मुझसे रहा नहीं गया और ग्लानि-बोध के दबाव में मैंने उसकी प्रेम कहानी का पर्दाफ़ाश कर दिया।

इस ख़बर से वहाँ भूचाल तो आया, पर किसी को भी, किसी एक को भी मेरी बात की सत्यता पर विश्वास नहीं हुआ। यहाँ तक कि भावातिरेक में भास्कर मौसा जी ने मुझे यह उलाहना दे दिया कि यदि ऐसी ही बात थी, तो वे रुम्पा की मर्ज़ी के मद्देनज़र प्रदीप को सहर्ष अपना जँवाई स्वीकार कर लेते।

ऐसे ग़मगीन माहौल में खाना-पीना तो दूर, शायद किसी ने पानी तक नहीं पिया था कि सुबह के दस बजते न बजते डाकिए ने एक रजिस्टर्ड लिफ़ाफ़ा लाकर भास्कर मौसा जी के हाथ में रख दिया, जिसमें रुम्पा की रजिस्टर्ड मैरिज का सर्टिफिकेट था।

उस भयानक सदमे ने सुचित्रा मौसी के हाई ब्लड प्रेशर को उनके दिमाग़ में पहुँचा दिया, जिसके फलस्वरूप वे खड़ी की खड़ी ऐसी गिरीं कि फिर कभी न उठीं और ढेरों आपातकालीन इलाज के बावजूद उनकी आँखें आकाश में ही टँकी रह गयीं।

मैंने प्रदीप के घर जाकर उसके माँ-बाप के पैरों पर अपना सिर रखकर उन्हें

पूरी घटना बताने के बाद कहा, ''मौसा जी ने कहलाया है कि वे लोग प्रदीप-रुम्पा को पूरी तरह स्वीकार करने को तैयार हैं। कृपया आप लोग उनसे जल्द से जल्द मरणासन्न मौसी जी के पास पहुँचने को कहिए।''

''माँ! माँ गो!'' का स्वर जैसे ही हवा में गूँजा, सुचित्रा मौसी की आँखों ने आकाश से नीचे उतरकर दरवाज़े पर खड़ी रुम्पा को आँख-भर देखा और तत्क्षण ही उनकी गर्दन एक ओर लुढ़क गयी। उनसे सटकर उनकी हथेली पकड़े बैठी सावित्री माँ ने एक बार तो मारे गुस्से के, पलंग की ओर आती हुई रुम्पा को परे झटक दिया, पर दूसरे ही क्षण वे उसे ख़ुद से चिपकाकर ऐसा फूट-फूटकर रोईं कि सारे उपस्थित लोगबाग अपने आँसू और ताज़ा ग़मी को भूलकर उन्हें ही समझाने में लग गये।

रुम्पा की स्थिति तो कौन कहे! एक तो फूल की छड़ी भी न छुआने वाली माँ का बिछोह, दूसरे उसकी मृत्यु के कारण, उपजा ग्लानि-बोध उसे न जीने दे रहा था, न मरने। पर भास्कर मौसा जी की शंकर भगवान जैसी औढर दानशीलता और विष्णु-सी क्षमाशील भलमनसाहत ने न केवल उसे क्षमा कर गले से लगा लिया, बल्कि प्रदीप को भी सादर अपने घर में रहने का न्योता दे दिया।

कुछ दिनों बाद भास्कर मौसा जी ने अपनी तीन-चार बढ़िया दुकानें खाली करवाकर रुम्पा के लिए एक आलीशान डिज़ाइनर शोरूम खुलवा दिया। कम समय में ही प्रतिभा सम्पन्न रुम्पा ने ऐसा नाम कमाया कि दिल्ली, बम्बई तो क्या, मिलान और पेरिस भी उसे अपने फैशन शो में ख़ास तरज़ीह देने लगे। उसकी प्रसिद्धि से जहाँ एक पुरुष—उसके पिता—अत्यन्त प्रसन्न थे, तो दूसरा पुरुष—उसका पति—अत्यन्त दुखी था। उसे करने-धरने को तो कुछ था नहीं-न ही कोई नौकरी और न ही कोई पैतृक व्यवसाय। सो वह बैठे-ठाले सिवा इसके कि चौबीसों घंटे रुम्पा में ऐबज़ोई कर मीनमेख निकालता रहे, भला अपना समय कैसे बिताता? रुम्पा की लाख कोशिशों के बावजूद वह उसके स्टोर में बैठने को तैयार नहीं था। रुम्पा उससे कहती भी, ''प्रदीप! तुम तो मालिक हो। देखो, मैंने तुम्हारे लिए कितनी शानदार कुर्सी बनवाई है, प्लीज! यहाँ रहा करो। तुम्हारी मौजूदगी से मुझे बहुत सहारा रहेगा। मैं हिसाब के मामले में कच्ची हूँ, इसलिए तुम रुपया-पैसा भी अच्छी तरह सँभाल लोगे। प्लीज प्रदीप, तुम अपने नाम के इस ए.सी. चेम्बर को अपनी उपस्थिति से सुशोभित करो ना प्लीज!''...पर उसका हिमालय-सा अहंकार! उसे किसी भी हालत में इस स्थिति को स्वीकार करना तो दूर, रुम्पा की चिरौरी से और भी बड़ा हो जाता था।

अब खाली बैठा एक स्वस्थ जवान आदमी, सिवाय बदगुमानियों के और कर भी क्या सकता? पहले तो उसने रुम्पा को फैशन शो के लिए विदेश जाने से मना कर दिया और बेवकूफ रुम्पा ने इसे भी उसके लगाव के खाते में डालकर स्वीकार

कर लिया। फिर उसने उस पर यह लांछन लगाकर कि वह अपने बड़े ग्राहकों से ग़लत सम्बन्ध रखती है, उसे मारना-पीटना शुरू कर दिया। शराब के नशे में धुत वह सारी रात, असुर बना हुआ विचित्र प्रकार के कांड करता रहता और सुबह उठकर देवताओं की तरह रुम्पा के पैर पकड़कर इस-इस तरह से माफी माँगता कि रामायण-महाभारत सरीखे महाकाव्य भी फीके पड़ जाएँ। आश्चर्यजनक ढंग से प्रेम में अन्धी रुम्पा की आँखें अभी भी बन्द ही थीं, और वह उसकी इन सारी बदतमीजियों को उसके लालन-पालन का दोष मानकर, उसे पूरी तरह माफ़ करती रहती थी।

एक बार मैंने रुम्पा से हम लोगों से एक साल सीनियर माधुरी का हवाला देकर कहा भी, ''मुझे तो तुम्हारा पूरा क़िस्सा उसी का पुनः प्रदर्शन (रिप्ले) लगता है, फ़र्क इतना ही है कि प्रदीप ने अभी तक तुम्हें जलाकर मारा नहीं है।'' यह उद्‌गार सुनते ही, उसने हमारी सदियों पुरानी दोस्ती को तिलांजलि देकर मुझसे अबोला कर लिया, पर सम्बन्ध क्या कच्चा धागा होते हैं, जो सहज ही टूट जाएँ? इसलिए मुँह सिले होने के बावजूद हम दोनों भीतर ही भीतर एक-दूसरे की पूरी खोज-ख़बर रखते थे।

यथासमय मैंने एक बेटी और रुम्पा ने एक बेटे को जन्म दिया। रुम्पा का बेटा क्या था, बस सोलह कलाओं से पूर्ण चन्द्र और कामदेव का प्रतिरूप था। भास्कर मौसा जी ने उसके रूप के अनुरूप ही उसका नाम रखा कार्तिकेय और रुम्पा के विवाह द्वारा क्षत-विक्षत हुए उनके हृदय को उसकी नन्ही मुस्कराहट के 'चेप' ने एकदम मजबूती से भर दिया।

पर प्रदीप अब भी कोई न कोई नया शिगूफ़ा छोड़ने से बाज़ न आता। एक बार वह इस ज़िद पर अड़ गया कि वह घरजमाई की तरह नहीं रहेगा, इसलिए यह मकान उसके नाम होना चाहिए। भास्कर मौसा जी के यह बताने पर कि यह मकान उनकी पत्नी सुचित्रा अपने नाती-नातिनों के नाम कर गयी है, वह क्रोध से आगबबूला हो गया और उसने रुम्पा को इतने शातिरपन से मारना-पीटना शुरू किया कि खोजने पर किसी को कोई निशान न मिले। रुम्पा को क्रूरतम तरीके से सताने के लिए उसने रुम्पा के घर से सटी हुई एक कोठरी किराए पर ले ली, और आधी रात को रुम्पा के पास से बच्चे को ज़बर्दस्ती छीनकर अपनी कोठरी में उठा ले जाता। इस पुरुष-प्रदत्त भितरघात के दर्द से रुम्पा छटपटाती रहे, इसलिए वह ऐसी जगह पर चोट करता था कि रुम्पा मारे शरम के किसी को कुछ नहीं बताती, नतीजतन उसका 'हियाव' बढ़ता जाता। तलाक़ की असम्भव शर्तों पर रुम्पा हमेशा कच्ची पड़ जाती। भयभीत रुम्पा की सारी दिनचर्या शतरंजी बिसात के पील चक्कर-सी प्रदीप के चारों ओर घूमती रहती, और प्रदीप जी लाट साहब की तरह मेज पर पैर धरे सिगरेट

फूँकते हुए विलायती शराब पीते रहते। बेटे की ब्लैकमेलिंग के एवज़ में वे नरश्रेष्ठ रुम्पा से अनाप-शनाप रुपये ऐंठते ही रहते थे।

एक बार प्रदीप ने बहुत ही चालाकी से रुम्पा को जलाने की कोशिश की, पर पुराने नौकरों की सतर्कता ने उसे बचा लिया। इस घटना के बाद सावित्री माँ ने उसे बहुत समझाया कि वह अपने कमरों में सी.सी.टी.वी. कैमरे लगवा ले, और जब प्रदीप मारे-पीटे, तो उसे थोड़ा-सा उकसा कर उसके अत्याचारों की रिकॉर्डिंग हो जाने दे। पर वह युधिष्ठिर की औलाद और पुराने ज़माने की लैला ऐसा करने को तैयार नहीं हुई।

तभी अचानक एक दिन... पूरे मुहल्ले ने देखा कि पुलिस प्रदीप को हथकड़ी डाले घसीटते हुए अपनी गाड़ी में ठूँसकर ले जा रही है। ख़बर पाते ही जब रुम्पा दौड़ती-सी वहाँ आई, तब तक उसकी हरियाणवी मासी ने वहाँ आकर प्रदीप को एक ऐसा झन्नाटेदार थप्पड़ जड़ा कि उसका सिर एक ओर घूम गया। साथ ही उसे अपनी ठेठ घरेलू गालियों की बारिश से नहलाने के बाद वे रुम्पा को वहाँ से खींचती हुई अपने घर ले गयीं।

घर में घुसते ही, उन्होंने अपने कड़कदार लहज़े में रुम्पा को 'दक्कालते' हुए कहा, "रुम्पा! हमेशा याद रखना, तुम्हारी माँ सुचित्रा मरी नहीं है। वह आज भी मुझमें जीवित है। मैं कई दिनों से देख रही थी कि 'मैं चुप रहूँगी क्योंकि पापा की इज़्ज़त का सवाल है' आदि बेकार की बातों को आतिशी शीशे में बढ़ा-चढ़ाकर देखती हुई तुम सारे दुखों को सहती जा रही थी। अरे बेवकूफ! तुमने ज़रा-सा यह नहीं सोचा कि यदि तुम मर जातीं, तो तुम्हारे पापा की इज़्ज़त का क्या होता? अच्छा यह बता, क्या तूने एक बार भी अपने बेटे सोनू के भविष्य के बारे में सोचा है? रुम्पा! सच कहूँ, तुम्हें बेटी कहकर बुलाने में तो मुझे शरम आती है। तुझ-सी पढ़ी-लिखी से तो मैं गँवार भली जो न केवल अपने घोंसले और बच्चों के अधिकारों के लिए सदा लड़ी, बल्कि और भी कइयों को सँभालकर उन्हें अन्यायियों से बचाया। सच रुम्पा, मैं समझ नहीं पा रही हूँ कि आख़िर तुम लोग इतनी भीरु क्यों हो! क्यों तुम लोगों को ख़ुद पर ज़रा-सा भी भरोसा नहीं है! अरे डूब मरो, तुम लोग जो ज़िन्दगी से मुँह मोड़कर आत्महत्या करने की सोचती हो!" कहकर सावित्री माँ ने एक लम्बा नि:श्वास छोड़ा और उनकी आँखों में पानी तिर आया।

किसी तरह ख़ुद को सँभालकर उन्होंने मद्धम स्वर में कहा, "बेटा! लजा दिया आज तुमने हमारे दूध को! हमने तो तुम लोगों को जीवन का अमृत-पान कराया था, पर पता नहीं, तुम लोगों ने कहाँ से मृत्यु का विष चख लिया!" इतना कहते न कहते वे कठोर, रूखी, सख़्त सावित्री माँ मुँह पर पल्ला डालकर सुबकती हुई हिचकियों में बँध ऐसी रोईं कि रुम्पा, मैं, पापा, मौसा जी, दीदी आदि सबके

सब उनसे चिपककर उन्हें समझाने में लग गये। लेकिन उनके आँसुओं की उस नदी का बाँध टूट चुका था, जो सुचित्रा मौसी की मृत्यु के बाद से ही अपनी जदों को सँभाल नहीं पा रही थी।

खोज-ख़बर लेने पर पता चला कि सावित्री माँ ने रुम्पा तक को बताए बिना, दो सी.सी.टी.वी. कैमरों को रुम्पा और प्रदीप के कमरों में छिपाकर फिट करवा दिया था और मास्टर स्क्रीन अपने कमरे में लगा लिया था। वे रोज़ की घटनाओं की एक सी.डी. अपने वकील भतीजे को और एक अपने ख़ास मित्र असिस्टेंट पुलिस कमिश्नर प्रेमेन्द्र मित्रा को भेज देती थीं। मोटी चादर ओढ़ाकर गला घोंटने की कोशिश करना... दीवार से सिर भिड़ाना...लम्बे बालों को झटके मार-मार तोड़ना... गुप्तांगों पर प्रहार करना आदि अनेक नृशंस कारनामे उन कैमरों में क़ैद होते जाते थे, जिनके अनुसार कमिश्नर साहब दफ़ाएँ और भतीजा प्रद्युम्न केस के बिन्दु तैयार करता जाता था।

सावित्री माँ ने इसे दुखान्त नाटक होने से बचाने और इसका पटाक्षेप करने के लिए सही समय पर भास्कर मौसा जी और मुझसे दुरभिसंधि करके, एक दिन उन लोगों से सोनू को चुरवा लिया।

घर लौटते ही सोनू को ढूँढ़ती हुई रुम्पा जब हमेशा की तरह प्रदीप के यहाँ पहुँची, तो प्रदीप ने एक रूटीन की तरह उसे मारना-पीटना शुरू कर दिया। रोज़-रोज़ की कलह से थकी और सोनू के खोने से घबराई हुई कमज़ोर रुम्पा ने जब उसे धमकाया कि वह आत्महत्या कर लेगी, तो उसका मखौल उड़ाते हुए वह नीच कहने लगा, ''अरे तुम्हें आत्महत्या कहाँ करनी है? तुम तो बस यूँ ही गीदड़ भभकी देती रहती हो। मरने की गोलियाँ भी तुम जान-बूझकर कम खाती हो। लगी हुई आग भी बुझवा लेती हो। रुम्पा, तुम्हें सिर्फ़ गरजना आता है, बरसना नहीं। अरे हटो परे! यदि तुम्हें मरना ही है, तो फाँसी लगाकर क्यों नहीं मर जाती? चलो, मैं तुम्हारी सहायता करता हूँ, देखो यह फन्दा!'' जब रुम्पा उसकी इस उक्ति को सुनकर विस्फारित आँखों से उसे घूरने लगी, तब वह सान्त्वना भरे स्वर में बोला, ''अरे! झूठ-मूठ ही सही! ज़रा एक बार इसे गले में डालकर तो दिखाओ!'' कहते हुए उसने वह रस्सी का फन्दा पंखे से झुला दिया और कुर्सी को खींचकर उसके नीचे लाकर बोला, ''हिम्मत है! तो चढ़ो इस पर!'' आश्चर्यजनक ढंग से उसके भड़काने पर पागलों की-सी भंगिमा में रुम्पा उस कुर्सी पर जा खड़ी हुई। रुम्पा का कुर्सी पर खड़ा होना था कि नाटक के उस वीभत्स अंक में प्रद्युम्न (वकील) और प्रेमेन्द्र मित्रा (पुलिस कमिश्नर) ने एंट्री ले ली।

चतुर-चालाक प्रदीप ने हकलाते हुए अपने बचाव में कुछ बकने की चेष्टा की, पर सिवा आँय-बाँय-साँय के उसके हलक से एक अक्षर भी न निकला।

सावित्री माँ ने आज प्रदीप को ही नहीं, रुम्पा को भी एक करारा तमाचा जड़ते हुए कहा, ''रुम्पा! भला नाम डुबोया तैंने मेरा। अरे बेटा, ऐसे कसाइयों को तो तड़पा-तड़पाकर मारना चाहिए, न कि इन ज़मीनों के लिए अपनी जान दे देनी चाहिए? रुम्पा बेटा! इस शरीर को सँभालकर रख, इसे अपनी और दूसरों की भलाई में लगा। आज से सोच लो कि तेरा वह पुराना चोला छूट गया है और अब इस नए चोले से तुझे अपना ही नहीं, पूरी दुनिया का कल्याण करना है।

''बेटा! तुम लोगों के पास तो समय है, लक्ष्मी है, सरस्वती है और है प्रेम! बाँटो इन्हें उनमें जो दीन-हीन और अभागे हैं और जिन्हें इन सबकी बहुत ज़्यादा ज़रूरत है। आँखें खोलकर अपने चारों ओर देखो—कितनी बड़ी दुनिया तुम लोगों के स्नेह-कणों के लिए तरस रही है। बेटा! अपने अणु-अणु को विलीन कर दो दूसरों में और अनगिनत आत्माओं का उद्धार करो।

''आओ उठो। नया सूर्य तुम लोगों को प्रकाशमय रास्ता दिखा रहा है। स्नान करके, नए वस्त्र धारण करो और सर्वव्रती हो जाओ।

''अलका-रुम्पा! चलो दौड़ो और सदा याद रखो कि गति ही जीवन का मूल मन्त्र है। आधि-व्याधि से डरना मत। चूँकि हम जीवित हैं, इसीलिए व्याधि है! क्या मृतक चाहकर भी बीमार पड़ सकते हैं? इसलिए हर घड़ी, हर पल स्वयं को स्वस्थ, नीरोग और तमाम सम्पदाओं से पूर्ण मानना। क्षण मात्र भी मन में यह कमजोरी मत लाना कि तुम कमजोर हो।

''जीवन के शेर को नाथकर दुर्गा की तरह उसकी सवारी करना और प्रदीप सरीखे असंख्य महिषासुरों का वध करती रहना। याद रखना, मैं और सुचित्रा सदा तुम लोगों के साथ हैं। तुम लोगों में समाहित हैं। सर्वदा सत्पथ पर रहना, क्योंकि तुम लोगों पर हमेशा हमारी निगहदारी रहेगी।''

सावित्री देवी के भावोद्‌गार देर तक रुम्पा के मन के पहाड़ों से टकराते रहे—'कोई आवाज़ पहले गूँज बनती है, फिर अनुगूँज और हृदय की घाटियों में जाकर अमर हो जाती है।'

रुम्पा खाली घर में आदमकद आईने के सामने आकर खड़ी हो गयी। कितनी धूल जम गयी थी काँच पर। उसने आँचल से उसे साफ़ किया। अपना चेहरा जैसे उसने आज पहली बार देखा।

आज हवा में हर तरफ़ उसके ज़िन्दा रहने की गूँज है।

प्रेमव्रती पुरुष

यूनिवर्सिटी की 'टॉप रोल मॉडल' मल्लिका ने जब कॉफी हाउस में अभिषेक की कुर्सी के पीछे खड़े होकर उसके बालों को अपनी लम्बी अँगुलियों से झिंझोड़कर बिगाड़ा, तो सीधा-सादा अभिषेक भौचक-सा कुर्सी से खड़ा होकर, मल्लिका को विस्मय भरी आँखों से एकटक देखने लगा। उसके ये हाव-भाव सर्वथा वाज़िब थे, क्योंकि कहाँ इन्द्र की रम्भा-सी पाँच फुट छह इंच की लावण्यमयी मल्लिका! और कहाँ मध्यम क़द-काठी, गेहुँए रंग और औसत नाक-नक्श वाला एक साधारण-सा बन्दा अभिषेक। जहाँ मल्लिका अपने अभिनव अधुनातन कपड़ों, नित नूतन बड़ी गाड़ियों, पेरिस की सर्वश्रेष्ठ ख़ुशबुओं का अम्बार अपनी शख़्सियत में समोये! यूनिवर्सिटी के सारे युवाओं के दिलों पर एकछत्र राज करती थी, वहीं अभिषेक लटका-झटका-हीन एक सीधा-सादा मेधावी छात्र था, जिसे देखकर ग्रैगरी पैक, रॉक हडसन या अमिताभ बच्चन की नहीं, बल्कि बुद्ध, शाण्डिल्य, लाओत्से आदि का स्मरण हो आता था।

अभिषेक के प्रोफेसर तक उसकी प्रतिभा, गम्भीरता, प्रखर मेधा और भलमनसाहत के क़ायल थे। वह आजकल के युवकों की तरह न तो कभी किसी के साथ मटरगश्ती करता दिखता और न ही उसे कभी किसी लड़की की गलबहियाँ करते देखा गया था। क्लास के बाद उसका अधिकाधिक समय लाइब्रेरी या 'प्रोफेसर रूम' में ही बीतता था। प्रत्येक पर्चे के प्राचार्य अक़सर उससे ही सर्वाधिक प्रश्न पूछते और अभिषेक उन्हें कभी निराश नहीं करता था।

हालाँकि अभिषेक की गिनती यूनिवर्सिटी के इने-गिने छात्रों में होती थी, फिर भी उसके बरताव में किसी घमंड या 'एटीट्यूड' की गन्ध तक नहीं थी। वह सब से हँसता हुआ मिलता और यथासम्भव सबकी समस्याओं को सुलझाने का प्रयत्न करता। समस्या चाहे पढ़ाई की हो या निजी, हर व्यक्ति अपने सारे राज़, दिल खोलकर उसके सामने रख देता था, क्योंकि उनका परम विश्वास था कि अभिषेक रूपी 'सेफ वॉल्ट' में कोई चिड़िया तक पर नहीं मार सकती। प्रत्येक को उस पर यह पुख्ता भरोसा था कि उसका राज़ उससे शुरू होकर उस तक ही खत्म हो जाता है,

इसलिए अभिषेक के सामने उस अप्रतिम सौन्दर्य की मालकिन मल्लिका के ढेरों चर्चों का भी आना एक सहज-सी बात थी। बावजूद इसके कि वह मल्लिका के कई चित्र-विचित्र रूपों से परिचित था, वह उससे भी उसी सद्भाव और सरलता से मिलता, जैसे औरों से, और उसके रूप और चपल-चंचल आकर्षणीय तौर-तरीकों से पूरी तरह निरासक्त रहता।

जहाँ यूनिवर्सिटी की अन्य लड़कियाँ उस 'बोर'—पढ़ाकू अभिषेक को जानबूझकर अनदेखा करती रहती थीं, वहीं मल्लिका हमेशा ठहरकर, उसे देखती, और सोचती, 'इसकी इतनी जुर्रत कि यह मेरी 'तिथ' लिए बिना ही मेरी बगल से पानी की तरह गुज़र जाए? यदि माप कर देखा जाए तो मेरे सामने इसकी औकात ही क्या है? फिर भी यह और लड़कों की तरह मेरे चारों ओर भौंरे-सा क्यों नहीं मँडराता? जबकि वे लड़के! इससे देखने-सुनने में, और धन-धान्य में, हज़ार-गुना बेहतर हैं! आख़िर यह अपने आपको समझता क्या है? हुँह!... अब मुझे ही इस 'विश्वामित्र बच्चू' की हिमाक़त को पटखनी देनी होगी, जिसके परिणामस्वरूप यह मुझ-सी मेनका पर आसक्त होकर 'बजरबट्टू'-सा घूमता हुआ पूरी पृथ्वी का चक्कर काटता फिरेगा।...'' दरअसल मल्लिका का अभिषेक के बालों से खेलना उसी 'स्व-चुनौती' की शुरुआत थी।

मल्लिका का ग़ुस्सा इस बात से और भी बढ़ता जा रहा था कि अभिषेक उसकी इन नानाविध छेड़ख़ानियों को बिना नोटिस लिए ख़ारिज़ कर देता था। उसे अभिषेक के इस निर्लिप्त व्यवहार पर इतना अधिक क्रोध आता था कि उसे कई बार तो ऐसा लगता कि वह अपने इस ग़ुस्से को सँभाल नहीं पाएगी और कोई छोटा-सा बहाना मिलते ही उस पर टूट पड़ेगी। पर अभिषेक की भद्रता और शिष्टता इतने ऊँचे पायदान पर स्थित रहतीं कि वह चाहकर भी उसे घेर नहीं पाती।

अभिषेक उससे औरों की तरह ही एकदम सहज-साधारण व्यवहार करता, जिससे उसके तन-बदन में आग-सी लग जाती। वह यह सोच-सोचकर सिर पटकती रहती कि क्या वह अन्य लड़के-लड़कियों-सी ही एक औसत लड़की है जो अभिषेक उसे ज़रा-सा भी अतिरिक्त भाव न देकर उस जैसे हीरे को, दूसरे पत्थरों के साथ, एक ही बाट से तौलता रहता है? अभिषेक के इस स्थित-प्रज्ञ व्यवहार से क्षुब्ध होकर उसने प्रण किया कि ''अब तो चाहे जो कुछ हो जाए, मैं साम-दाम-दंड-भेद से इस बेवकूफ अभिषेक को अपनी अहमियत समझाकर ही रहूँगी।'' क्रमशः हुआ यूँ कि ऐसे विचारों को निरन्तर प्रश्रय दे-देकर मल्लिका रानी ने अपनी ज़िद को हठधर्मिता के शिखर तक पहुँचा दिया।

बावजूद इसके कि मल्लिका को अपने सौन्दर्य का भयंकर अभिमान था; उसमें ढेरों-ढेर गुण भी थे। कहा जा सकता है कि वह 'छूते ही रेत सोना हो जाए'

कहावत का मूर्तिमन्त रूप थी। वह न केवल पढ़ाई में बल्कि नाटक-थियेटर में, कविता पाठ में! स्मृति-आवृति में कहानी लेखन में, अर्थात् विश्वविद्यालय के कला संकाय की सारी विधाओं में प्राय: प्रथम श्रेणी में पास होती थी।

उसके सारे तौर-तरीकों में एक खानदानी रईसी की गन्ध थी, जो उसके पुरखों की धनाढ्यता और अभिजात्य अतीत की गाथा सुनाती थी। घर की इकलौती बेटी होने के कारण उसने कभी 'ना' शब्द तो सुना ही नहीं था! उसके माँ-बाप ही नहीं दादा-दादी नाना-नानी और बाक़ी के सम्बन्धीगण भी उसके मुखचन्द्र को चकोर की तरह देखते रहते और इस इन्तज़ार में रहते कि उसके मुख़ारविन्द से कुछ निकले या केवल भौंहों के इशारे से ही कुछ व्यक्त हो, तो वे उसे तत्क्षण पारित करें। उसकी दादी तो हर वक़्त उसकी 'पगथलियों' के नीचे अपनी हथेलियाँ रखे रहती थी। उनका राजबाड़ी-सा घर, चौबीसों घंटे मल्लिका नाम के आहत और अनाहत दोनों नादों से गूँजता रहता। अब ऐसी 'पुंगलगढ़ की पद्मिणी' को एक औसत शक्ल-सूरत का मध्यवर्गीय लड़का भला कभी उपेक्षित कर सकता है? नहीं! ऐसा हो ही नहीं सकता! 'न भूतो न भविष्यति'। लेकिन विधि के विधान की विचित्रता का ओर-छोर कहाँ? इसलिए इन सारे मानकों को तोड़ कर अभिषेक मल्लिका की जद से बाहर रहता और मल्लिका की झुँझलाहट और क्षोभ बढ़ते जाते!

वैसे रहस्यमयी हक़ीक़त यह थी कि अभिषेक मल्लिका को वर्षों से बेइन्तिहा प्रेम करता था। वह अपने प्रेम को रहस्यमयता के गहरे आवरण में ढँके रखने के चक्कर में न कभी उसके नज़दीक आता था और न ही उसे अपने निकट आने देता था। उसके प्रेम का एकमात्र लक्ष्य मल्लिका को, पूर्ण समग्रता से अपना कर, उसे अपने सुरक्षा-कवच में सुरक्षित रखने का था! लेकिन मौसमी तितली मल्लिका के जीवन में न तो इन 'मूल्यों' की कोई वक़्त थी, और न ही कोई अपेक्षा। वह तो नित नए प्रेम प्रकरण में विश्वास रखती थी और प्रेम के खिले फूल में ज़रा सी कुम्लाहट देखते ही, उससे 'डस्टबिन' में फेंककर, दूसरे टटके ताज़ा ओस-से भीगे गुलाब को सीने से लगाने में विश्वास रखती थी। वह अक़सर ही चहकती-सी कन्धे उचका कर अपने दोस्तों के बीच यह कहती नज़र आती, "अरे भाई! मैं ठहरी शास्त्रों की पुजारिन! इसीलिए तो चार्वाक की 'ऋणं कृत्वा घृतं पिबेत' को जीवन जीने का मूलमन्त्र मानकर हर क्षण 'पुनर्नवा' होती रहती हूँ। अच्छा! तुम्हीं बताओ, जब दुनिया के सारे दार्शनिक कहते हैं कि यह ज़िन्दगी दुबारा नहीं मिलती, तो हमें क्या अधिकार है कि हम इसे फालतू सम्बन्धों का बोझ ढोने में बिता दें? जब हमारे दर्शनशास्त्र में भी 'क्षणवाद' को विशेष महत्ता प्राप्त है, तो यदि मैं अपने ढंग से 'क्षण' की सत्ता पर विश्वास करती हूँ, तो क्या ग़लत है?"

आश्चर्यजनक है यह तथ्य कि मल्लिका की ये स्वरचित परिभाषाएँ सुनकर

भी अभिषेक का प्रेम उसके प्रति घटने की जगह और भी गहरा होता गया! दरअसल अभिषेक की दृढ़ मान्यता थी कि मल्लिका ये थोथी बातें महज़ इसलिए करती है, क्योंकि उसके अन्तर में एक खालीपन हाहाकार करता रहता है, और जिसे वह इन अर्थहीन बातों से भरने का प्रयास करती रहती है। उसे विश्वास था कि जिस दिन मल्लिका सच्चे प्रेम का स्वाद चख लेगी, उस दिन उसके ये विचार नहीं रहेंगे। वह भी रत्नाकर डाकू की जगह आदि कवि वाल्मीकि बन जाएगी। अभिषेक के हिसाब से वह 'बिना किसी खोट का सवा सोलह आने टंच सोना' है, जिस पर ज़माने की भौतिकता ने धूल जमा दी है। जैसे ही कोई उसे ज्ञान के झाड़न से झाड़-पोंछ देगा, वह वापस ख़रे सोने-सी 'भल-भल' चमकने लगेगी।

यह स्थिति विचित्र ढंग से एक अर्से से चल रही थी और शायद नियति सही वक़्त का इन्तज़ार कर रही था। धीर-गम्भीर अभिषेक में तो इतना अधिक 'धैर्य' थी कि शायद वह जन्म-जन्मान्तर तक सही वक़्त का इन्तज़ार करता रहता! पर स्वच्छन्दमना अधीर मल्लिका में तो गाम्भीर्य का लवो-लेश भी न था, इसलिए अचानक एक दिन वह कोने में बैठे अभिषेक पर जा गिरी और उसके 'हड़क' कर खड़े होते ही, उससे ऐसी लिपटी कि कोई 'चिप्पू बेल' भी पेड़ से क्या लिपटेगी? उसकी इस भंगिमा से उनमें इतनी अधिक नज़दीकी आ गयी थी कि दूर से देखने पर, वे दोनों एक ही शरीर लग रहे थे। मल्लिका की इस भंगिमा से 'औसान चूक' होकर अभिषेक की जो हालत हुई, उसे हतप्रभ, किंकर्त्तव्यविमूढ़, निर्वाक्, स्तम्भित, हक्का-बक्का, भौचक आदि सारी उपमाएँ दी जा सकती हैं। वह पत्थर की मूर्ति-सा निस्पन्द था और जिस अनिमेष दृष्टि से मल्लिका को देखते हुए भी नहीं देख रहा था, उसे केवल एक ही नाम दिया जा सकता है—'स्थितप्रज्ञ का साक्षी-चेता भाव'।

कई दशकों पर भारी उन कुछ क्षणों के बाद मल्लिका छिटककर ज़मीन पर जा बैठी और घुटनों में सिर घुसाकर फूट-फूटकर रोने लगी। जैसा कि अवश्यम्भावी था, झीने आवरण से ढँका अभिषेक का प्रेमल हृदय, उसके रुदन-ताप से मोम की तरह पिघलकर, मल्लिका के चरणों तले जा बिछा।

इसके बाद का क़िस्सा तो वही सदियों पुराना है। घरवालों की किचकिच! वरमाला! सिन्दूर-दान! गृहप्रवेश! और फिर छोटा-सा सुखी संसार, पर क्या सच ही सुखी? या भविष्य के गर्भ में कुछ और था?

वैसे इसमें ग़लत भी क्या है? क्योंकि जिस ज़िन्दगी को हम रोज़ जीते हैं, जब वही हर क्षण, हमें अपने अजनबीपन से चौंकाती रहती है, तो क्या 'बेमाता का लिखा' किसी संस्कार या घटना से सत्यापित होने के बावजूद आज तक इस धरती पर कोई पढ़ पाया है?

अभिषेक एक अच्छी-सी नौकरी कर, इतना कमाने लगा था कि आराम से

एक फ्लैट और एक गाड़ी लेकर अपनी गृहस्थी जमा ले। पर चंचल चिड़िया-सी मल्लिका! कभी इस डाल पर, तो कभी उस डाल पर, फुदकती हुई, कभी भी कोई 'ठाया' काम नहीं कर सकी। उसे बढ़िया से बढ़िया काम भी अपनी औक़ात से कम या 'बोरिंग' लगता, इसलिए कई जगह झक मारकर अन्त में उसने एक फ़िल्म प्रशिक्षण केन्द्र में दाख़िला ले लिया और जैसा कि 'धारा' हुआ था, अपने सौन्दर्य और प्रतिभा के कारण वह कुछ ही दिनों में इस गोद से उस गोद में बैठती हुई, न केवल अभिनेत्री बन गयी, बल्कि पटकथा लेखन, निर्देशन आदि भी करने लगी।

फ़िल्मी दुनिया की चकाचौंध और तेज रफ़्तार ने अब मल्लिका की उड़ान भी 'कोन्कोर्ड' हवाई जहाज-सी ही तेज़ कर दी थी। ऊपरवाले की विशेष मेहरबानी की बदौलत वह दो बच्चे पैदा करने के बाद भी वापस वैसी ही 'कनक छरी-सी कामिनी' बनी रही और उस पर पहले की तरह ही हज़ारों दिल निछावर होते रहे।

उसके नित नए पुरुष मित्र अभिषेक से छिपे नहीं थे। पर वह अपने दिल के हाथों ऐसा बिका हुआ था कि स्वयं की तो बात ही क्या, यदि कोई दूसरा भी मल्लिका के बारे में ज़रा-सा कुछ कह देता, तो वह अपना स्वभाव छोड़कर उससे लड़ पड़ता। हालाँकि मल्लिका उसकी चाहत और भलेपन की घोर प्रशंसक और एहसानमन्द थी, पर न तो उसका अपनी महत्त्वाकांक्षाओं पर वश था और न ही आदतों पर, इसलिए कभी-कभार अपने दिल में उठते ग्लानि-बोध को वह अपने तर्कों से तितर-बितर कर देती और वापस ख़ुशहाल ज़िन्दगी जीने लगती।

बाहर से अभिषेक और मल्लिका का दाम्पत्य जीवन गंगा की तरह पवित्र और कलकल-छलछल बह रहा था। उनके जीवन में खिले दो ख़ूबसूरत फूल हर क्षण सबका तन-मन हरते रहते थे। कई लोगों को उनके आपसी प्रेम को देखकर इस बात का बहुत मलाल होता कि, "वे बेकार में ही मल्लिका के लिए यह सोचते थे कि वह घर बसा ही नहीं सकती? जबकि उसने तो सुखी परिवार के सारे मानक ही तोड़ दिए थे। पति-पत्नी के बीच होनेवाली साधारण किचकिच तो दूर, उनमें तो कभी नोक-झोंक तक नहीं होती। जबकि अन्दरूनी हक़ीक़त यह थी कि अभिषेक क्या! मल्लिका तो कभी भूले से भी बच्चों से भी सम्बन्ध रखती थी। चूँकि अभिषेक का एकमात्र काम केवल 'देना' ही था, इसलिए सागर की बाहरी सतह पर सर्वदा शान्ति छाई रहती थी। इसी वजह से दुनिया वालों की दृष्टि में मल्लिका-अभिषेक का परिवार एक अत्यन्त सुखी परिवार था।

अभिषेक मल्लिका की किसी भी बात को तवज़्जुह दिए बिना अर्द्धनारीश्वर-सा बच्चों की माँ और बाप दोनों का फ़र्ज, पूरी तन्मयता और आह्लाद से निभाता रहता था। वह बच्चों को अहसास तक नहीं होने देता था कि उनकी 'माँ के पास उनके लिए समय नहीं है।' वह बच्चों को नित-नई चीज़ें मल्लिका के नाम से

लाकर देता रहता और उनसे हमेशा यही कहता कि, ''आज माँ तुम दोनों की बहुत बढ़ाई कर रही थी। वह कह रही थी कि मेरे राजकुमार यश और राजकुमारी शुचि से प्यारे और तेज़ बच्चे तो पूरी दुनिया में नहीं हैं। देखो आज माँ ने शुचि के लिए कितनी बढ़िया आइसक्रीम लाकर रखी है! याकि वाह, आज तो माँ ने यह इटालियन पास्ता ख़ासकर बेटे यश के लिए बनाया है!'' बच्चों को विश्वास दिलाने की गरज से वह उन्हें समझाते हुए कहता, ''असल में माँ की जान तुम दोनों में ही अटकी रहती है! पर बेचारी क्या करे? चूँकि उसे बहुत काम रहता है, इसलिए तुम लोगों के साथ ज़्यादा समय नहीं बिता पाती। पर मुझसे हमेशा कहती रहती है कि तुम दोनों ही उसके चाँद-सूरज, और आँखों के तारे हो।''

कभी-कभार नन्ही शुचि तुतलाकर कहती थी, ''पापा! माँ न तो मुझसे बात करती है और न ही कभी मेरे गाल पर प्यार करती है। वह तो जब घर में रहती है, तब भी वह हमें न तो पिंकी और डॉली की माँ की तरह मचकाती है, न ही हमसे कुछ पूछती है! पापा! क्या हम बदमाश बच्चे हैं, जो वह ऐसा करती है?''

अभिषेक ढेरों-ढेर बहानों से उन्हें बहलाता तो रहता लेकिन वह स्वयं मल्लिका के बरताव से हैरान था कि मल्लिका कभी बच्चों की ओर आँख उठाकर भी नहीं देखती है। बच्चे उससे आकर चिपक जाते हैं, तो वह ज़ोरों से कपड़े झाड़ती हुई, उन्हें झिड़क कर कहने लगती है, ''क्या बदतमीजी है! सारी ड्रेस ख़राब कर दी। अभिषेक, तुम दूर खड़े देख क्या रहे हो? इन्हें पकड़ते क्यों नहीं?''

मल्लिका शुरू से ही दो दिन-चार दिन के लिए शूटिंग के चक्कर में घर से ग़ायब हो जाया करती थी। उलटे यदि अभिषेक ने कभी उसकी कोई फ़िल्म नहीं देखी, फिर भी उसने मल्लिका से कभी कुछ नहीं पूछा और उसकी हर बात को 'सत्यवादी हरिश्चन्द्र' का वचन मानकर उन पर विश्वास करता रहा, लेकिन एक बार तो मल्लिका ने हद ही कर दी! वह बिना कुछ बताए एक दिन अचानक ग़ायब हो गयी और गरीब आठ-नौ महीने बाद, जब अचानक वापस आई तो बहुत ज़्यादा बुझी हुई-सी थी। उसका चेहरा एकदम श्रीहीन और निर्जीव था और उसके घने काले बाल नाम मात्र के ही उसके सिर पर बचे थे! उसने आते ही अभिषेक को हिदायत दी, ''वह वहाँ केवल आराम करने आई है, इसलिए कोई परिचित तो दूर, अच्छा हो कि वह बच्चों को, और स्वयं को, भी उससे दूर रखे।''

बावजूद उसके इस असद् व्यवहार के वह 'सती-पुरुष' अभिषेक मल्लिका के आगमन से इतना प्रसन्न था, मानो रम्भा, उर्वशी, मेनका एवं अन्यान्य अप्सराओं ने उसे वरमाला पहनाकर उसका वरण कर लिया। नन्ही शुचि ने जब 'हुमक' कर मल्लिका से लिपटना चाहा, तो अभिषेक ने बीच में ही लपककर उसे पकड़ लिया और आकाश में उछालकर, 'मेरी परी! मेरी स्नो वाइट!' 'मेरी रेड राइडिंग हुड!'

आदि नामों से पुकारकर उसे बहलाने लगा।

मनौवैज्ञानिकों के अनुसार बच्चों की अन्त:प्रज्ञा काफी प्रबल होती है, शायद इसीलिए बड़का यश माँ के बारे में कभी कोई प्रश्न नहीं पूछता था, मानो 'ढँके भरम ढँके ही रहें' कहावत का मर्म वह गहराई से समझ गया था।

अचरज की बात थी कि इन विपरीत परिस्थितियों में भी अभिषेक का प्रेम मल्लिका के प्रति और भी गहरा होता जा रहा था। वह मल्लिका को जिन आँखों से देखता, जिस नरम कोमलता से छूता, वह एक अविश्वसनीय दृश्य था।

शरद पूर्णिमा की रात को उसने एक सफ़ेद बुर्राक़ पलंग पर मोगरा और जूही के फूल बिछाए और उसे घर के लॉन में रख दिया। मल्लिका को उस पर आराम से लिटाने के बाद, वह उसका सिर अपनी गोद में रखकर हलके हाथों से उसके माथे और बालों को सहलाता हुआ कहने लगा, ''मल्लिका! सौन्दर्य के सारे उपादान तुम्हारे चरण पखारते हैं: घनी चमकीली केशराशि की स्वामिनी तुम! स्निग्ध रेशमी गुलाबी त्वचा से शोभित तुम! तुम्हारे हाथ-पाँव कदली-फल की तरह नरम और गोलाईदार! हरिण को मात देती तुम्हारी आँखें! तुम्हारी नाक किसी ख़ूबसूरत ईरानी प्रतिमा-सी! और कश्मीरियों-सी लचीली तुम्हारी मनोहारी क़द-काठी! मल्लिका, तुम सच ही स्वर्ग की अप्सरा हो।''

मल्लिका की हैरानी का पारावार नहीं था। वह अभिषेक की ओर देखती हुई सोचने लगी कि क्या यह इसी धरती का प्राणी है! या किसी और लोक से आया कोई गन्धर्व? क्या इसके दिमाग़ में कोई विचलन हो गया है, जो इसे एक गंजी कंकाल काली-कलूटी प्रेतनी में अनिन्द्य सुन्दरी दिखाई पड़ रही है? अन्त में उसने कह ही दिया, ''अभिषेक! तुम्हें हो क्या गया है? तुम कालिदास की शकुन्तला-सा जो रूप वर्णन कर रहे हो, अब मैं वैसी कहाँ हूँ? क्या तुम मुझ पर व्यंग्य...''

मल्लिका के अधूरे वाक्य को उसके होंठों पर अँगुलियाँ रखकर, रोकता हुआ अभिषेक बिलख पड़ा, ''मैं क्या करूँ मल्लिका? मेरी आँखों में तुम्हारा जो 'प्रथम दर्शन वाला रूप' 'फ्रीऽऽज़' हो गया है, वह अमर है। मल्लिका, जब हम अपने भगवान को बिना देखे ही पूजते रहते हैं, तो मैंने तो तुम्हारे स्वरूप में उसके साक्षात दर्शन किए हैं और एक सात्त्विक भक्त की तरह मुझे अपने इस विश्वास पर ज़रा भी सन्देह नहीं है!''

हृदय से सीधे निकले ऐसे सच्चे उद्‌गारों पर अविश्वास करने की गुंजाइश कहाँ होती है? इसलिए मल्लिका एकदम चुप हो गयी, पर उस चपल-चंचला कठोरमना का हृदय पूर्णत: द्रवित होकर आँखों से बहने लगा।

एक दिन बच्चों के स्कूल जाने के बाद अभिषेक नहलाने-धुलाने के बाद, मल्लिका को उसके प्रिय व्यंजन और पकवान खिला रहा था कि मल्लिका बोली, ''हे मुझ पर पूरी तरह निछावर पतिदेव! मैं देख रही हूँ कि तुम बच्चों पर बहुत

अधिक समय और धन खर्च करते हो! आख़िर यह सब कैसे चलेगा? सुनो अभिषेक! कम से कम अब तो स्वयं को कच्ची उम्र की भावुकता से मुक्त कर, अपने जीवन को सार्थक राह की ओर मोड़ दो। तुम ऐसा करो कि बच्चों को किसी बढ़िया बोर्डिंग स्कूल भेज दो और उनके खर्च का ज़िम्मा मेरे ट्रस्ट पर डाल दो। वैसे भी तुम कब तक किसी और की सन्तानों के लिए अपनी बलि देते रहोगे?'' कहते न कहते उसने अपनी जीभ काट ली।

अभिषेक ने एकदम शान्ति और प्रेम से उसके आलथी-पालथी मारे हुए घुटने को सहलाते हुए कहा, ''मल्लिका! बच्चे मेरी जान हैं, यदि मैं उन्हें बोर्डिंग में भेज दूँगा, तो समझकर रखो कि मैं जल्दी ही मर जाऊँगा। हाँ! तुम्हें इस अनायास फिसले हुए सत्य के लिए जीभ काटने की ज़रूरत नहीं है, क्योंकि मुझे यह भेद शुरू से ही मालूम है। इन बच्चों की जन्मतिथियों ने मुझे समझा दिया था कि देश में मेरी अनुपस्थिति का समय ही इन दोनों के गर्भाधान का समय था।''

''क्याऽऽऽऽ?'' की एक लम्बी चीज़ के साथ ही मल्लिका सरीखी निस्संग और निर्मोही महिला फूट-फूटकर रो पड़ी और अपनी छोटी मुट्ठी से अभिषेक को मुक्के मारती हुई, बस एक ही 'म्हारनी' रटने लगी, अभिषेक! तुम आदमी हो या कोई अभिबोधित आत्मा? भगवान और भृगु की लात का पौराणिक क़िस्सा भी एक बार का ही है, पर तुम? तुम तो सालों से रात-दिन मेरी हिकारत, अवहेलना, उपेक्षा और तिरस्कार को न केवल सहते रहे! बल्कि मेरे अहंकार को भी सहलाते रहे, तुम ऐसे क्यों हो? क्यों हो ऐसे अभिषेक?''

ग्लानि से भरी हुई उसकी यह अश्रुधार मल्लिका से ज्यादा अभिषेक को विगलित कर रही थी। उसने आगे बढ़कर मल्लिका का सिर अपनी छाती से यों चिपका लिया जैसे ज़मीन पर गिरने से रोते हुए बच्चे को माँ अपनी छाती से चिपका लेती है। अचम्भे की बात कि उसकी आँखों से भी बाढ़ की तरह आँसू बह रहे थे, और ऐसा भान हो रहा था मानो वह उनसे मल्लिका का सारा कल्मष धोकर उसे एकदम उजला और पवित्र कर देगा।

अभिषेक के अनुसार सदा ही मल्लिका गंगा-सी पावन और साफ़ थी, जिसमें यदि ग़लती से कभी कोई गन्दा नाला आ भी गिरा होगा, तो वह अभिषेक के प्रेम-झरने में बह गया होगा।

अभिषेक ने मल्लिका से मात्र यह कहा, ''मल्लिका, अरे पगली! तुम कौन-सी बाहरी गलियों में भटक गयी? मत भूलो! मैंने तुम्हें प्रेम किया है और प्रेम बाह्य में नहीं, अन्तर में विश्वास रखता है। तुम्हारा अनूठा सौन्दर्य औरों के लिए लुभावना रहा होगा! पर मेरे लिए तो तुम आज भी वैसी की वैसी हो, जैसी बीस साल पहले थी, समझी।'' कहते हुए उसने मल्लिका के सिर पर हलकी-सी प्यार भरी चपत लगा दी।

उसके इस कथन और सहज क्रिया से मल्लिका बहुत उद्वेलित हो गयी और तड़पकर बोली, "बन्द करो अपना लेक्चर! अगर तुम मेरी सच्चाई जान लोगे, तो मुझसे भयंकर घृणा करने लगोगे, जानते हो मुझे !...."

अभिषेक ने उसके मुँह को हथेली से ढाँपते हुए कहा, "मैं जानता हूँ कि तुम्हें एड्स है। इसलिए बतौर एहतियात, मैं बच्चों को तुमसे दूर रख रहा हूँ। मैंने तुम्हारा चेहरा देखते ही तुम्हारा रोग काफी कुछ तो पकड़ लिया था और बाद में एक दिन जब तुम अपने अमेरिकन डॉक्टर से पूछ कर अपना 'प्रेस्क्रिप्शन' लिख रही थीं, तब मैं तुम्हारे लिए जूस लेकर कमरे में घुस रहा था। तुम्हारे रहस्य का हिस्सा कान में पड़ते ही मैं लौटा भी! पर मेरी बदकिस्मती कि तुम्हारी बातचीत के उस टुकड़े से ही मेरी धारणा पुष्ट हो गयी।"

मल्लिका 'जल बिन मीन' की तरह छटपटाती-सी बोली, "अभिषेक! क्या तुम भगवान बुद्ध हो जो जवान और ख़ूबसूरत आम्रपाली को ठुकराकर, कोढ़ी आम्रपाली की सेवा कर रहे हो?"

मल्लिका का पश्चातापी रुदन आकाश के पार जा रहा था और अभिषेक उसे पुचकारकर उसके कर्मों को 'अनकिया' सिद्ध करने की कोशिश कर रहा था। उसकी ये झूठी कोशिशें मल्लिका के अन्तर को कपड़े की तरह मरोड़कर निचोड़ रही थीं और वह अन्धी-सी कभी इन तो कभी उन विचारों की दीवारों से अपना सिर फोड़ रही थी। मीठे 'सोते'-सा अभिषेक उसे प्राण पण से शीतलता प्रदान करने की चेष्टा कर रहा था कि अचानक मल्लिका का हाथ उसकी बाईं छाती पर गया, और उसने कराहकर अभिषेक की गोद में दम तोड़ दिया।

'डेथ सर्टिफिकेट' लिखते समय उनके पारिवारिक डॉक्टर गुहा ने अभिषेक से कहा, "यह तो होना ही था। लापरवाह मल्लिका को कई वर्षों से दिल की बीमारी थी। लाख समझाने पर भी उसने कभी कोई परहे? नहीं माना, और हिप्पियों जैसा खानाबदोश जीवन जीती रही। यह 'कार्डियक अरेस्ट' उसी बदपरहेजी का नतीजा है!"

अत्यन्त मेधावी अभिषेक ने मल्लिका के जाने के बाद बहुत नाम, इज़्ज़त और वैभव अर्जित किया। उसने दोनों बच्चों को ऐसा संस्कारी और भला बनाया कि सारा ज़माना उन्हें देखकर वाह-वाह करने लगता। ख़ास बात यह थी कि दोनों बच्चे ताउम्र अपनी माँ को देवी की तरह पूजते रहे।

अभिषेक ने अपने घर के बड़े से बैठक-कमरे में मल्लिका का आदमकद चित्र लगा लिया था, जिस पर वह रोज़ ताजे सुगन्धित पुष्पों की माला इस भाव से चढ़ाता, जैसे उन फूलों की ख़ुशबू! मल्लिका तक पहुँच रही हो।

मल्लिका आज भी उसके वजूद का अभिन्न अंग थी, और उसे सदैव लगता था कि वह हर क्षण उसके पास है!...

वे लड़कियाँ

मैं कल्याणी से रोज़ सुबह लोकल ट्रेन पकड़ती थी, जिसमें काँचरापाड़ा, हालीशहर, इच्छापुर, नैहाटी, कृष्णानगर, टीटागढ़ आदि पन्द्रह-सोलह स्टेशनों से लेकर अन्तिम स्टेशन सियालदह तक के कई-एक छोटे-मोटे स्टेशनों से 'वे लड़कियाँ' एक-एक कर चढ़ती रहती थीं। एक-दूसरे को चूँटी काटती; पास खड़ी के पेट में कोहनी घुसाती 'वे लड़कियाँ' ही-ही, ठीं-ठीं करते हुए, ट्रेन के लेडीज़ डिब्बे की दो पंगतों में एक-दूसरे पर गिरती-पड़ती बैठ जातीं और उनके आते ही पूरा डिब्बा गुलज़ार हो उठता।

अपने सस्ते फूलदार सलवार-सूट और नक़ली शिफ़ोनी दुपट्टे में सजीं-धजी वे इतनी सुन्दर और रौबीली लगतीं मानो वे साधारण-सी 'बारहटिया' नौकरानी नहीं, बल्कि पुश्तैनी मेम साहब हों। वैसे उनका नखरा ग़लत भी नहीं था। कारण कि उनके सस्ते कपड़ों और नक़ली गहनों के अधिकतर डिजाइन मालकिनों के असली गहनों-कपड़ों की हूबहू कॉपी होते थे। वे अपनी मालकिन के लाखों के हीरे के बुंदों का नकली अवतरण दस-पन्द्रह रुपये में और हज़ारों की सोने की पाज़ेब दस रुपये में खरीद लेतीं। हाथ के कंगन, अँगूठी, पर्स, नेल पालिश और बिन्दी का भी कमोबेश यही हाल था। पर उनमें एक बात क़ाबिले-ग़ौर थी कि चाहे उनका पहनावा सस्ता हो, पर उनके अदब-फ़ायदे में हमेशा एक खानदानी पुट रहता था। मेरे अनुमान से चूँकि उनके परिवार देश के विभाजन के समय यहाँ आए थे, इसलिए धन खो जाने के बावजूद भी उनका तौर-तरीक़ा नहीं खोया था।

उन्हें हरवक़्त 'मुंडी में मुंडी' मिलाए, सरग़ोशियाँ करते हुए देखना किसी भी दर्शक को बचपन के स्वप्निल संसार में ढँकेल देने की काबिलियत रखता था। उनकी उपस्थिति मात्र से रोमांचित मैं कभी अनियारी तो कभी सीधी आँखों से, उन्हें पहलू बदल-बदल कर देखती रहती थी। उनमें मेरी ख़ास रुचि का कारण मेरा लेखन भी था, जिसके लिए मुझे उनमें अपरिमित सम्भावनाएँ नज़र आती थीं। मैं मन ही मन कई कहानियाँ उनके इर्द-गिर्द बुनती रहती थी, और इस फ़िराक़ में रहती थी कि किसी तरह उनके व्यूह में घुसकर मैं अपने रिसालों के लिए दो-चार मौजूँ

घटनाएँ ढूँढ़ लाऊँ। मैं बहुत शिद्दत से उन इन्द्रधनुषी तितलियों पर कुछ लिख लेना चाहती थी, जिसकी एक ख़ास वजह थी, कि साहित्य में रुचि होने के बावजूद मुझे पारिवारिक ज़रूरतों के कारण 'नर्स' की नौकरी करनी पड़ रही थी, जहाँ कथा वस्तु मिलने की कोई गुंज़ाइश नहीं थी। ऊपरवाले की मेहरबानी से मुझे पहले दिन से ही एक बुज़ुर्ग महिला का मनोनुकूल काम मिल गया था। वे पढ़ी-लिखी, सम्भ्रान्त, विनम्र, उदार आदि अनेकानेक गुणों से विभूषित थीं। उन्हें अकेलापन महसूस न हो, इसलिए उनके बेटे-बहू ने उन पर सुबह-शाम की, दो पढ़ी-लिखी नर्सें रख दी थीं, जिनका काम उनका मन लगाना मात्र था। जब मैं सुबह उन्हें अख़बार पढ़कर सुनाती, तो वे मुझसे वर्तमान परिदृश्य पर गम्भीरता से चर्चा करतीं, जिसमें बाज़ारीकरण, भूमंडलीकरण, नारी विमर्श, लड़की भ्रूण हत्या, मूल्यों का विघटन आदि सभी मुद्दे शामिल होते थे। वे अपने ज़माने की बी.ए. पास और अत्यधिक स्वाध्यायी थीं। हक़ीक़त तो यह है कि 'दादी माँ' से बहस-मुबाहिसा करने के कारण मेरे सोच का भी काफी विस्तार हुआ था। उनके प्रोत्साहन से ही मैंने दो-एक कहानियाँ भी स्थानीय अख़बारों में छपवाई थीं।

उन लड़कियों के दल को देखते ही मेरे मन में ऐसी ललक जगती जैसी धन दिखने पर लालची को और सुन्दर स्त्री दिखने पर कामुक पुरुष को होती है। मैं हर वक़्त सोचती रहती कि कैसे इनसे कुछ नई जानकारियाँ हासिल कर लूँ और उनके चारों ओर कहानी का इन्द्रजाल बुन कर, कुछ रोमांचकारी और दिलचस्प क़िस्से लिख डालूँ, पर मुझे क्या पता था कि मेरे उस साधारण-से सात्विक आदिम लोभ का ऐसा नतीजा होगा कि 'वे लड़कियाँ' स्वयं ही प्रथम नायिका के पद पर विराजित हो जाएँगी? ख़ैर, वह क़िस्सा बाद में, फिलहाल तो...

हमारी यह 'कल्याणी लोकल' तक़रीबन सोलह-सत्रह स्टेशनों पर रुकती-पड़ती, हमें सियालदह स्टेशन पहुँचाकर वापस कल्याणी की ओर मुड़ जाती है और हम हज़ारों मुसाफ़िर दौड़ते-भागते, अपने कलकत्ते के गन्तव्य स्थलों की ट्राम, बस और ऑटो को पकड़ने में व्यस्त हो जाते हैं। औरों की तरह ही 'वे लड़कियाँ' भी बिना पीछे देखे, तेज़ी से अपना हाथ हिलाकर 'टा-टा' करती हुई, उड़ती-सी ग़ायब हो जातीं।

तक़रीबन दो साल से इसी ट्रेन से मुसाफ़िरी करती इन 'लड़कियों' के झुरमुट को देखकर मैं आह्लादित स्वर में अपनी मित्र नीरजा से कहती, "नीरजा, मुझे इनकी ये पाँतें उन बगुलों-सी लगती हैं, जो अकसर आकाश में अँग्रेज़ी के 'व्ही' अक्षराकार में उड़ती हुई दिखती हैं, प्रत्येक स्वयं में स्वतन्त्र, पर एक लय में छन्दबद्ध, इनकी यह 'सिम्फनी' क़ाबिले-तारीफ़ है। ज़रा कल्पना करो कि ये सोलह-सत्रह साल की युवा किशोरियाँ रोज़ न जाने कितनी तरह के सपने रचती होंगी! अपनी कमाई के

पैसे माँ को देते वक़्त क्या इनमें से हरेक मन ही मन यह नहीं सोचती होंगी कि एक दिन सफेद घोड़े पर सवार एक राजकुमार आएगा और 'बापू' से उसका हाथ माँग कर, उसे घोड़े पर बैठा कर ले जाएगा?"

यह दिवा-स्वप्न देखते हुए मैंने आकाश पर बैठे उस 'अनन्त-असीम' को याद किया और उन कुँवारी कामनाओं की अर्ज़ी उस अगोचर के दर पर रख दी। एक बार जब स्टेशन आनेवाला था और मैं उतरने की तैयारी कर रही थी, तभी उन लड़कियों की सेनापति सीमा ने अपना मोबाइल मेरी ओर बढ़ाते हुए अति विनम्रता से कहा, "दीदी! क्या आप हम सबका फ़ोटो खींच देंगी?"

तेरह लड़कियों को तीन फ़ोटो में क़ैद करने के बाद जब मैं अपने लिए भी उन सबके फ़ोटो उतारने लगी, तो वे ऐसी निहाल हुईं, मानो उन्हें स्वर्ग ही मिल गया हो। उनके उद्दाम उत्साह से छलछलाता यह वाक्य, 'दीदी हमारा फ़ोटो रखेंगी! दीदी हमारा फ़ोटो रखेंगी!' वहाँ के शोरगुल पर भारी पड़ने लगा। उनमें से कई लड़कियों ने मेरे फ़ोन पर अपने 'मिस्ड-कॉल' देकर, अपने नाम भी भरवा दिए और उनके प्रफुल्लित स्वरों ने उस पूरे डिब्बे में एक मीठी गुंजार-सी भर दी। उनकी इस बेइन्तिहा ख़ुशी को देखकर मैं दंग थी और सोच रही थी कि हम कितने कंजूस हैं, जो मुफ़्त में मिलती ख़ुशी को भी ले नहीं पाते।

अचानक एक दिन उन लड़कियों का पूरा का पूरा समूह ग़ैरहाज़िर था। यह एक रिकार्ड-भंग घटना थी, क्योंकि इन दो सालों में आँधी हो या तूफान, ऐसा कभी भी नहीं घटा था कि उनका पूरा दल न आए। मुझे बार-बार यही चिन्ता सता रही थी कि आख़िर ऐसा क्या हुआ जो वे सबकी सब नहीं आईं। तरह-तरह के अच्छे-बुरे विचार मन में उठ रहे थे। सान्त्वना के लिए अपने उद्विग्न मन को वहमी करार देते हुए मैंने ख़ुद को इस बहाने से बहला लिया कि उनमें से किसी एक की मँगनी हो गयी होगी, इसलिए वे सबकी सब छुट्टी मना रही हैं। बेशक कल ही वे सब खिल-खिल करती हुईं, हाथ में मिठाई का डिब्बा लिए, ट्रेन में हम सबका मुँह मीठा कराती नज़र आएँगी।

पर या ख़ुदा यह क्या! वह पूरा का पूरा जत्था दूसरे दिन भी ग़ायब था। मैंने पटापट उनके सारे नम्बरों को दबाया, पर एक बार छोटी-सी 'नो रिप्लाई' होने के बाद सिवा सूँऽऽऽ सूँऽऽऽ के उधर से कोई आवाज़ नहीं आई। इन दो सालों में उन लड़कियों ने पराई होते हुए भी मेरे मन में अपने लिए एक ऐसी जगह बना ली थी, जैसी किसी सगे के लिए भी नहीं होती। ख़ुद मुझे भी यह अन्दाज नहीं था कि वे सब मेरे अन्तर के किसी गहरे कोने में घुसकर बैठ गयी हैं। आज रह-रहकर मुझे अपने गुरु जी की एक बात याद आ रही थी, 'बहुत ही प्रेम-पागल है, हे भगवान! इसकी रक्षा करना।'

उन्हीं आशीर्वाद के रक्षा-कवच में पनपती मेरी संवेदना ने शायद आज भी मुझमें थोड़ी-बहुत मनुष्यता बचा रखी थी, जिसकी वजह से मैं थोड़ा-बहुत दूसरों के कष्ट का अनुमान कर लेती थी।

पुराने लोग शायद सही कहते हैं कि अन्त:प्रज्ञा नाम की जो एक चीज़ है, वह कोरी बकवास नहीं है, क्योंकि दो दिन, चार दिन, और फिर पूरा सप्ताह बीत गया, लेकिन उस लेडीज़ डिब्बे के उजड़े चमन में बहार न लौटी। उनके सारे फ़ोन नम्बर नाकारा-से खामोश पड़े रहे और उस अँधेरी घाटी से कोई जवाब नहीं आया। सारी बेचैनी के बावजूद मेरी औक़ात कुछ ठोस कर पाने की तो थी नहीं, इसलिए मैं एक दिशा-हारा की तरह किंकर्तव्यविमूढ़-सी माथे पर हाथ धरे बैठी थी कि नीरजा ने मुझे सुझाया, ''प्रतिभा! तुम्हारी वे 'दीदी माँ' (मरीज़) तो काफी रसूख़वाली हैं। ज़रा उनसे कहकर तो देखो।''

सच, 'दीया तले अँधेरा' ही होता है, क्योंकि माँ जी ने न केवल मुझसे सारा विगत पूरे ध्यान से सुना, बल्कि बीच में ही अपनी पुत्रवधू को आवाज़ देकर कहा, ''बोउ माँ! यहाँ आओ।''

उनकी पुत्रवधू सुजाता शहर की प्रसिद्ध सोशल वर्कर थीं। उनकी संस्था पूर्णत: ग़ैरसरकारी थी और विभिन्न प्रकार के सामाजिक कार्य अपने बलबूते पर ही करती थी। उनके साथ अन्य कई महिला उद्धार संस्थाएँ भी जुड़ी हुई थीं। माँ जी की इच्छानुसार सुजाता जी ने तत्क्षण हमारे मुफ़स्सिलों की 'लाइन' में क्रियाशील संस्थाओं की प्रमुखों की एक मीटिंग बुला ली। देखते ही देखते फ़िरदौस, आयशा और रूबी मैम वहाँ आ गयीं और उन लोगों ने आनन-फानन में मोबाइल कम्पनी से उन लड़कियों के पते-ठिकाने निकलवा लिए।

फ़िरदौस मैम पुलिस को साथ लेकर सबसे पहले झुनू के घर गयीं। उसके घर में जवान मौत सरीखा 'स्यापा' मँडा हुआ था। झुनू के माँ-बाप ने बताया कि वे लोग कई बार थाने गये थे, पर सिवा डंडों और धक्कों के उन्हें वहाँ कुछ नहीं मिला। थानेदार ने न केवल उनकी एफ.आई.आर. दर्ज करने से मना कर दिया, बल्कि उन्हें ही अपराधी ठहराते हुए कहा, ''ज़्यादा बको मत। पहले तो जवान बेटी को बेच खाया, अब चले हो शिकायत दर्ज कराने। तुरन्त दफ़ा हो जाओ यहाँ से, वरना तुम सबको जघन्य अपराधियों की श्रेणी में रखकर ऐसी दफ़ा लगा दी जाएगी कि भगवान भी तुम्हें नहीं छुड़ा पाएँगे।'' इतना ही नहीं, उन्होंने उन गरीब बूढ़ा-बूढ़ी को ऐसी-ऐसी गन्दी बातें सुनाना शुरू कर दिया कि झुनू की माँ अपनी छोटी बेटी के कन्धे पर हाथ धरकर वहाँ से भागकर वापस घर आ गयी।

एक तो गरीब का घर, ऊपर से ग़म का आलम! उस पूरे वातावरण में ऐसा 'श्मशानी माहौल' छाया हुआ था, मानो वहाँ अभी ही गिद्ध-सियार बोलने लगेंगे।

फ़िरदौस मैम ने झुनू के पिता को पुचकारते हुए, उनसे झुनू की एजेन्सी का फ़ोन नम्बर लिया और तुरन्त ही वह नम्बर मिलाया। उधर से झिड़कियों भरा टका-सा जवाब पाकर भी वे विचलित नहीं हुईं, और अपने पूरे ताम-झाम के साथ सीधे उस पते पर जा पहुँचीं। वहाँ पहुँचकर उन्होंने मिसरी घुले स्वर में आवाज़ दी, ''हाल्दार! ओ मिस्टर हाल्दार! जरा बाहर आइए प्लीज।''

उनकी बड़ी गाड़ी के नीचे दबा हाल्दार 'यस्स मैम! यस्स मैम' करता उनके सामने यों थरथराने लगा, मानो उन लड़कियों के ग़ायब होने की वजह वही हो। उसके ख़ुशामदी लहज़े और घिघियाने को दरक़िनार करते हुए फ़िरदौस मैम ने कड़कदार आवाज़ में कहा, ''झुनू को पहचानते हो?'' आदतन और घबराहट में उसके मुँह से निकल गया, ''नो मैम! नो मैम!''

उस उत्तर के प्रत्युत्तर में जब छहफुटिया फ़िरदौस मैम की लम्बी-चौड़ी हथेली का करारा चाँटा उसके गाल पर अपना गहरा दाग़ डालते हुए पड़ा, तो वह हकला कर 'यस्स मैम! यस्स मैम!' करता हुआ तेज़ी से उठा और पलक झपकते ही, उसने उन तेरहों लड़कियों के घरवालों और कामवालों के नाम-पते मय उनके फोटो के हमारे सामने रख दिए।

इस अँधेरी दुनिया की सच्चाई से गहराई तक वाक़िफ़ फ़िरदौस मैम ने तुरन्त ही सुजाता मैम को फ़ोन करके कहा, ''मुझे यह क़िस्सा 'गर्ल ट्रेफ़िकिंग' (लड़कियों की तस्करी) से जुड़ा लगता है, इसलिए तुम तुरन्त आपातकालीन मीटिंग की व्यवस्था करो।''

बड़े लोगों के बड़प्पन की क्या कहूँ। मुझे ऐसा लगा मानो आकाश की तरह उसका भी कोई ओर-छोर नहीं होता। मैं उनकी तत्परता और तत्क्षण लिए गये निर्णयों के आगे कृतज्ञता से नतशिर थी कि मुझे अचरज से भरती हुई वे मेरे कन्धे पर अपना स्नेहभरा हाथ रखकर बोलीं, ''प्रतिभा! तुमने बहुत पुण्य का काम किया है, वर्ना आज की दुनिया में कोई भी सिवा अपने किसी दूसरे के बारे में सोचता ही कहाँ है? अब बस तुम भगवान से यही प्रार्थना करो कि 'वे लड़कियाँ' किसी तरह बच जाएँ! मेरा पक्का विश्वास है कि तुम जैसी पुण्यात्मा की अरदास भगवान तक ज़रूर पहुँचेगी।''

उनकी इन स्नेह-पूरित बातों से मुझे लगा जैसे मेरा शरीर हवा से भी हलका होकर उड़ रहा है और मैं भी 'युधिष्ठिर' की तरह धरती से चार अंगुल ऊपर उठ गयी हूँ।

दूसरे दिन सुबह से ही 'माँ जी' के पूरे घर में ग़हमाग़हमी मची हुई थी। यह फुटेज़! वह फुटेज़! उस ट्रेन का उस दिन वाला कंडक्टर। उसी रातवाला कंडक्टर। यहाँ तक कि उस रास्ते के सभी 'प्लेटफ़ार्मों' के 'गार्ड' से लेकर, बाबू लोगों में से

भी किसी को नहीं बख़्शा गया था। फ़िरदौस मैम के पिता विधान सभा के 'स्पीकर' थे, इसलिए उनके इस शुभ काम में सरकारी मदद भी गंगा की तरह ही प्रवहमान थी। पुलिस के 'कॉम्बिंग ऑपरेशन' की तरह ही पूरी सक्रियता से सरकारी मशीनरी चौतरफ़ा मार कर रही थी।

'स्वयं', 'अपने आप', 'जबाला' आदि संस्थाओं की स्वयंसेविकाएँ लाल बत्ती इलाक़े में घुसकर कोठरी, बरामदे, चौबच्चे अर्थात् वहाँ के चप्पे-चप्पे में एक सूई की तरह उन लड़कियों की खोज कर रही थीं, पर वे सबकी सब ऐसी ग़ायब थीं जैसे उन्हें यह धरती खा गयी हो।

पुलिस ने शहर के सारे सीमान्त सील कर दिए थे, पर उन लड़कियों का कहीं कोई अता-पता नहीं था। तभी अचानक निराशा के उस घटाटोप में लाल बत्ती इलाके के एक दलाल ने धीमे से 'स्वयं' की रुचिरा जी से कहा, ''मुझे पक्का तो नहीं मालूम। पर कल कल्लू शराब के नशे में बड़बड़ा रहा था कि लड़कियों को नेपाल बॉर्डर से बाहर भेजने की योजना है। वह यह भी कह रहा था कि आज तो वह जमकर विलायती अंगूरी पिएगा, क्योंकि कुछ नज़रेवाली लड़कियों के चक्कर में उसे ढेरों पैसे मिले हैं।''

जैसा कि खोजी दस्ते को अन्देशा था, हवा की तरह वहाँ पहुँचने पर भी 'कल्लू' की छाया तक का अता-पता नहीं था।

वैज्ञानिक सुविधाओं के कारण पुलिस ने उसके घर पर टँगी हुई उसकी एक फ़ोटो को तुरन्त ही सारे नाकों पर भेज दिया और उन अभागी लड़कियों के सौभाग्य से कल्लू बिहार के सीमान्त हाइवे से नेपाल की ओर जाती वॉल्वो बस की सीट के नीचे छिपकर यात्रा करता हुआ पकड़ा गया।

क़िस्सा कोताह यह कि पुलिस की भयंकर मार के बाद कल्लू ने अपना अपराध स्वीकार करते हुए सारा भेद उगल दिया। उसने बताया कि वह झुनू को ख़ुद के लिए फाँसना चाहता था। पर जब झुनू ने उसे, लोगों से भरे हुए स्टेशन पर, अपनी चप्पल से पीटना शुरू किया और उसकी आठ-दस साथिनों ने भी उसके साथ मिल कर उसकी ऐसी धुनाई की कि आज तक उसका पूरा शरीर कराह रहा है, तभी उसने उस सौन्दर्य-पुंज से बदला लेने के लिए; नैहाटी के एक गन्दे इलाक़े नन्दोपुर बस्ती के काणे को उन लड़कियों का ब्यौरा दिया, तो काणे की बाँछें खिल गयीं। उसने सपने में भी नहीं सोचा था कि यों बैठे-बिठाए उसके हाथ इतना बड़ा ख़जाना लग जाएगा। पके हुए शातिर गुंडे काणे ने कुछ दिनों बाद ही, इस ख़बर के एवज़ में उसे पचास हज़ार रुपये देकर वहाँ से फरार हो जाने का हुक़्म दिया था और इसीलिए वह भारत से नेपाल भाग रहा था।

उसकी दास्तान सुनते ही रूबी मैम ने कहा, ''काणे ही क्या! अब तक तो वह

पूरा अड्डा ही उजड़ गया होगा। फिर भी चलो देखते हैं।''

इतने में मेरे फ़ोन पर एक धीमी-सी फ़ुसफ़ुसाहट आई, 'इसे ट्रैक कीजिए!' और उसके साथ ही किसी की ज़ोरों से चीख़ने और फ़ोन को ज़मीन पर पटकने की तड़ाक भी सुनाई पड़ी।

अन्तराष्ट्रीय गिरोह का सुराग़ ढूँढ़ना कठिन तो होता ही है, इसलिए उच्चस्तरीय पुलिस फ़ोर्स को भी उस फ़ोन का अता-पता ढूँढ़ने में दस घंटे लग गये। बतौर एहतियात सुजाता मैम ने पुलिस फ़ोर्स में मेरे फ़ोन का नम्बर 'विशेष कोटि' (सेंसिटीव कैटगरी) में रजिस्टर्ड करवा दिया था, इसलिए उस फ़ोन के टूट जाने के बाद भी उनका दल उस सूत्र के सहारे नेपाल जा पहुँचा।

ख़ैर, लड़कियाँ तो वहाँ से भी ग़ायब थीं, पर उन लोगों को अब यह सारा माजरा अपनी ज़द में लग रहा था। ऊँची पहुँच के कारण, उन लोगों ने तुरन्त ही स्थानीय सरकारी मदद से वहाँ के एयरपोर्ट, रेल, बस, गाड़ी आदि के बाहरी रास्तों को सीलबन्द करवा दिया।

एयरपोर्ट पर धावा बोलने पर 'वे लड़कियाँ'! सऊदी अरब के एक विमान के प्रसाधन कक्ष के भीतर बुरी तरह ठुँसी हुई बरामद कर ली गयीं।

जब उन बिलखती लड़कियों ने उन दरिन्दों की अमानुषिक अत्याचारों से भरी दर्दनाक गाथाएँ सुनाईं, तो सहसा विश्वास ही नहीं हुआ कि हैवानियत की भी सारी हदों को पार करते इन शैतानों को भगवान ने इंसानी चोला कैसे दे दिया?

इस कहानी के अन्त के तन्त में पता चला कि काणे ने इस बड़े अपहरण के लिए पचास-साठ लोगों को ठेके पर, अपना साथी बना लिया था। उस दल ने इन लड़कियों के आने-जाने का समय, इनके प्लेटफ़ॉर्म, इनके घर की गलियाँ, इनके रास्ते के अँधेरे मोड़ आदि का पूरा लेखा-जोखा अच्छी-ख़ासी छानबीन करके कंठस्थ कर लिया था। जब 'वे लड़कियाँ' दिन भर काम करने के बाद रात को लौटती ट्रेन से अपने घरु-प्लेटफ़ॉर्मों पर उतरतीं, तो उनके साथ ही काणे के पाँच-छह: गुंडे भी उसी जगह उतर जाते और उस लड़की से एक निर्धारित फ़ासला रखते हुए गली के किसी अँधेरे मोड़ पर उसे क्लोरोफ़ॉर्म सुँघाकर अगवा कर लेते।

कहानी के बीच में ही मैं बोल पड़ी, ''लगता है इस योजना का काणे ने बहुत ही अच्छी तरह रिहर्सल किया था, तभी 'ये महाइंटेलिजेन्ट लड़कियाँ' भी कुछ नहीं कर पाईं।''

मैंने जब 'वे लड़कियाँ' को इस ख़ास विशेषण से विभूषित किया, तो दुख की घड़ी में भी सबके चेहरों पर एक खिंची-सी मुस्कराहट छा गयी।

इन मुस्कराहटों का अर्थ भाँप कर मैंने अपनी बात का खुलासा करते हुए कहा, ''मैम! मेरी बात बहुत ग़लत नहीं है। यदि केवल एक बार मेरा नम्बर डायल करने

पर इन लड़कियों को वह नम्बर याद हो गया, और विपत्ति में भी इन लोगों ने अपनी प्रत्युत्पन्नमति को सही रखकर, हम तक अपनी सूचना पहुँचा दी, तो क्या ये लोग 'महाइंटेलिजेन्ट' नहीं कहलाएँगी?''

मेरे इस तर्क को सुनकर आयशा मैम ने हँसते हुए कहा, ''प्रतिभा ठीक कह रही है। हमें यह स्वीकार करना ही चाहिए कि ये लड़कियाँ निश्चित रूप से स्कॉटलैंड यार्ड से भी आगे हैं।''

मैं, प्रतिभा, दसों दिशाओं और सारे ग्रह-नक्षत्रों की कसम खाकर कहती हूँ कि मुझे अपने पूरे जीवन में कभी ऐसा आनन्द बोध नहीं हुआ था जैसा आज। सोचती हूँ कि जब मुझ जैसी साधारण-सी लड़की की ज़रा-सी चिन्ता और सतर्कता के विनिमय में भगवान ने इतना बड़ा चमत्कार कर दिया, तो यदि हम सब अपने इर्द-गिर्द के लोगों में थोड़ी-सी भी दिलचस्पी ले लें, तो क्या हमारे ये छोटे-छोटे सरोकार इस धरती को सुन्दर और समृद्ध नहीं कर देंगे? सच कहती हूँ, मुड़कर देखने पर मुझे स्वयं विश्वास नहीं होता कि 'नाकुछ' मैं एक असम्भव बात को सम्भव करवा पाई।*

न्याय चक्र

"जरा देखिए तो! वो 'हंसा' है ना?" उच्चरित होते न होते, "ऐ हंसाऽऽऽ!... ऐ पवन बाबूऽ! जरा ठहरो भी! यूँ काँख (बगल) मै पोटला दबाए आधी रात नै कठै चाल्ले (कहाँ चले)?"

मध्यरात्रि के सन्नाटे में दूध-घी खाई हुई, हरियाणवी सावित्री देवी की यह 'दक्काल' जब बेलियाघाटा के बंगाली मोहल्ले में गूँजी, तो उन रोते-बिलखते पति-पत्नी ने अपनी चाल में तेज़ी ला दी और वहाँ से जल्दी-जल्दी पार होने लगे। पर वे ठहरीं मंगतराय किरोड़ीमल की बेटी, जिन्हें यदि क्रोध आ जाए, तो उनकी धावक-गति को अच्छे-ख़ासे दौड़ाक तक न पछाड़ पाएँ! फिर ये बेचारे तो अपने आत्मजों के प्रहारों से अधमरे, मनमरे, आत्ममरे अर्थात् मरने के सारे प्रकारों से मरे पड़े थे, अब भला उनकी क्या बिसात थी, जो लम्बी चोटी लहराती, ममता की धनी इस 'सावाँ बेबे' से 'सक' सकते? सावित्री देवी ने जैसे ही हंसाबाई के पल्ले को झटका देकर खींचा, हंसाबाई पलटकर टूटे बाँध वाली नदी-सी उनसे लिपटकर ज़ोर-ज़ोर रोने लगीं। हालाँकि उनके पति भी अनवरत रोए जा रहे थे, पर उन्हें इस तरह फूट-फूटकर बिलखते देखकर वे उनके सिर पर हाथ फेरते हुए उन्हें सान्त्वना देने की चेष्टा में लग गये।

माँ के एकदम विपरीत मेरे पिता जी, जो कभी भी, किसी की भी 'दुई-चुई' (अड़ंगे) में नहीं पड़ते थे, ऊपर वाले बरामदे से इस दृश्य के साक्षी चेता बने हुए थे और टेलीफोन के काले चोंगे से मुझे इस घटना का सूक्ष्मातिसूक्ष्म आँखों देखा हाल सुना रहे थे। उनका यह निरासक्त रवैया, उनकी आत्मकेन्द्रितता के साथ ही माँ की परदुखकातरता वाली इन रोज़मर्रा की आदतों के प्रति उनकी संचित खीझ का परिचायक भी था। साथ ही मुझे लगातार ख़बर देने के पीछे उनका यह अभिप्राय भी छिपा हुआ था कि 'और करो, चौबीसों घंटे अपनी माँ की बढ़ाई! ख़ुद ही देख लो, वह कैसे बात-बेबात झंझटों को बुलावा देती रहती है। अब तुम्हीं भुगतो अपनी 'महतारी' की दरियादिली को।' दरअसल बाबू जी की दुनिया बहुत ही छोटी थी,

जिसमें मात्र उनका घर-परिवार और एकाध मित्र भर थे। जबकि माँ की दुनिया!... उसका विस्तार तो शायद पृथ्वी के बाहर तक फैला हुआ था, जिसमें गली-मुहल्ला क्या, पूरे शहर के शहर समाए हुए थे! ऊपर से इन्तिहाँ यह कि उसमें केवल आदमी ही नहीं, वहाँ के पेड़-पौधे, गाय-भैंस, कुत्ते, चिड़िया, कबूतर, चींटियाँ, बिजली का 'फ़्यूज़्ड' खम्भा, पानी का टपकता नल आदि का भी बराबर का हिस्सा था।

कहना बेकार है कि माँ के रायगढ़ी मामा की बेटी, हंसादेवी, मय अपने पति के, माँ के कमरे में आ विराजीं, और माता जी अपना बोरिया-बिस्तर लेकर फ़्लैट के सबसे छोटे वाले कमरे में जा बसीं।

हमेशा की तरह ऐसी घटनाओं के बाद सुबह होते न होते मेरा माँ के यहाँ पहुँचना, एक ऐसा अनकहा फ़रमान था जिसे मानना मैं अपनी नियति नहीं, ख़ुशनसीबी समझती थी। माँ की चहेती बेटी होने के अलावा मेरे मन में माँ के ऐसे कामों के प्रति भक्ति के स्तर तक पहुँचा हुआ आदर भाव था। मुझे लगता है कि हम दोनों के बीच माँ-बेटी होने के अलावा भी संवेदनाओं से भीगा एक ऐसा तार जुड़ा हुआ था, जो अधिकांश बातें बिना कहे ही एक-दूसरे तक पहुँचा देता था। हो सकता है, माँ ने मेरे अजाने ही कभी अपने इन 'सनकी कारनामों' के कीड़े से मुझे भी कटवा दिया था, क्योंकि मैं भी अपने परिवेश की रचावट-बुनावट के विरुद्ध माँ की इन 'करतूतों' में जितना सम्भव हो पाता, साझेदारी करने का प्रयास करती थी।

मेरे घर में घुसते न घुसते माँ की आवाज़ आई, "उमा आ गयी, यहाँ आ।" बाबू जी ने कहा भी, "अरे ज़रा ठ्यावस (धैर्य) राख। इसनै (इसे) साँस लेकर कुछ पाणी-वाणी तो पी लेने दे।" पर तब तक तो माता जी ने वहाँ आकर मेरा बायाँ हाथ पकड़ा और मुझे खींचती हुई, बीच कमरे में बैठे हुए उन टूटे-फूटे दम्पती के सामने ले जाकर खड़ा कर दिया। उन दोनों के चेहरे पर ऐसी मुर्दनी छाई हुई थी, मानो घर में किसी जवान की मौत हो गयी हो। मुर्दनी क्या, वे तो ख़ुद ही मुर्दे-से दिख रहे थे। माँ का वह कमरा, जो सर्वदा उनकी रचनात्मक ऊर्जा से स्पन्दित होता रहता था, आज मरा हुआ-सा मूक क्रन्दन के 'अनहद नाद' से भरा था।

मैं धीमे से पीछे की ओर सरकती हुई वहाँ पड़ी एक काठ की कुर्सी पर बैठी ही थी कि माता जी ने मुझे झिंझोड़कर कहा, "उमा, ध्यान से सुन! तेरे दुनिया भर के सम्पर्क और दोस्तियाँ किस दिन काम आएँगी? अभी अपने 'भायले' (मित्र) पुलिस कमिश्नर को फ़ोन कर और इसके 'बेटे-बहू' के हथकड़ी लगवा। कह कि वे दोनों एक नम्बर के कमीने, बदज़ात और घटिया इन्सान हैं। अरे! पत्थर-सी बैठी सोच क्या रही है, कर फ़ोन।"

माँ के मुँह से निकली इन गालियों से उनके दुख भरे क्षोभ का परिचय मिल रहा था। माँ, जो कि अपनी ममता, उदारता और मिठास के चलते जगतख्यात 'माँ'

थीं, आज अपना ही विपर्यय बनी हुई अपने गौर वर्ण को तम्बई किए दे रही थीं। उनकी लक्ष्मी-पार्वती-सी शान्ति-कान्ति, धीरे-धीरे दुर्गा का शक्ति -रूप धारण कर रही थी। अपने प्रणाम के प्रत्युत्तर में जब मैंने उन लोगों का फटा हुआ कंठ-स्वर सुना, तभी मेरी समझ में आ गया कि माँ ने सारी रात इनकी दर्दभरी कहानियाँ सुनते बिताई है और इसीलिए मुँह से कभी अपशब्द न निकालनेवाली सावित्री देवी आज माँ काली बनी हुई हैं। मैं कुर्सी से उतरकर माँ के घुटने के पास जा बैठी और उसे सहलाते हुए प्रश्न भरी दृष्टि से उनकी ओर देखने लगी। माँ बिना किसी भूमिका के कहने लगीं,

"उमा! हंसा के जो बेटे-बहू इन्हें माँ जी! पिता जी! अम्मा जी! बाबू जी! कहते न अघाते थे, बैंक लॉकर' खुलवा कर रुपये निकालने के बाद वे ही इनके तन-मन को अपने बत्तीसों दाँतों से 'बटके' (काटने) भरने लगे थे। उन्होंने बुढ़ापे की दुहाई देकर हंसा का रसोईघर में घुसना वर्जित कर दिया, पर इसके पीछे छिपी उनकी मंशा से इनका यह हश्र हुआ कि सुबह-सकारे चाय पीकर घूमने जानेवाली दम्पती यदि दोपहर को बारह बजे भी चाय माँगते, तो स्टील के गिलास में चुल्लू भर ठंडी चाय उनके सामने इस 'सीठने' (व्यंग्य) के साथ पटक दी जाती कि 'लीजिए, ठूँस लीजिए, अपने 'झंद' (बड़े पेट) में! बच्चे खाएँ न खाएँ, स्कूल जाएँ न जाएँ, पर आप लोगों को तो हर वक़्त हाय चाय! हाय नाश्ता! हाय खाना! हाय भूख! यह बात इतर है कि वे दोनों बेचारे तो महीनों से 'नाश्ता' शब्द ही भूल गये थे, और अपनी किसी भी घिघियाती पुकार के पहले वे यह सम्पुट लगाना नहीं भूलते थे कि बींदणी (बहू)! बच्चे स्कूल और संजय काम पर चला गया हो तो ज़रा-सी चाय दे दो। गोया वे ऐसे निरीह भिखारी हों, जिनके श्वास-प्रश्वास की आवाजाही भी इन लोगों की कृपा पर ही निर्भर करती हो।"

मैं ठहरी अत्यधिक तार्किक, इसलिए 'झट' से पूछ बैठी, "इन्होंने अपना 'बैंक लॉकर' उन दुष्टों को दिया ही क्यों?" यह सुनते ही माँ ने मुझे ऐसी नज़रों से घूरा जिनमें साफ़ लिखा था: 'ओफ् उमा! तू कितनी बेवकफ है।' पर बाहर से उन्होंने केवल यही कहा, "बेटा! माँओं की मजबूरियों से तुम्हारा परिचय नहीं है और न ही शैतान सन्तानों की नीच चालाकियों से, इसलिए जब तुमने यह महत प्रश्न उठा ही दिया है तो फिर पूरी गाथा सुनो,

"एक दिन यह बहाना बनाकर कि उन लोगों को किसी रिश्तेदार के यहाँ विवाह में जाना है, वे दोनों हंसा को बहला-फुसलाकर बैंक ले गये और उसका लॉकर खुलवाकर, उसमें अँगुलियाँ फेर-फेर कर ऐसी झाड़ू लगाई कि कोई राई-रत्ती सोना और नगदी किनारों में न रह जाए। हंसा फटी आँखों से उनकी यह बदतमीजी देखती रही, फिर खुद को यह दिलासा देकर कि अपने बच्चे ही तो हैं, विवाह के

बाद ख़ुद ही सारा सामान लौटा देंगे, वह निश्चिन्त हो गयी, लेकिन भोली हंसा! चिड़िया-चुगी खेत-सी, स्वयं को महाबेवकूफ की उपाधि से विभूषित कर उस अवसर का इन्तज़ार करती ही रह गयी, और उसकी सयानी बहू ने यह कहकर कि यह धन तो सन्तानाधिकार के अन्तर्गत आता है, उस सारी सम्पत्ति को अपनी 'फाइल' में घोषित करवा लिया। सन्तान के मोह की मारी हंसा ने कब और कहाँ हस्ताक्षर किए, उसे इसकी कोई 'ग्यान-गिनती' (हिसाब) नहीं थी। अब भला वे बदमाश सन्तानाधिकार से प्राप्त गहने क्यों लौटाते?

''ख़ैर...गहने चले जाने की 'समाई' (सब्र) करने के बाद जब हंसा ने अपने बेटे से पूछा कि भाई! हमारे जीवन भर की जमा की हुई जो पूँजी तुमने एक दिन में लौटाने को कहकर ली थी, तो वह कब तक दे दोगे? सुनते ही बेटे ने दाएँ हाथ से थप्पड़ खींचा और चेहरे पर सारी दुनिया की घृणा समेट कर होंठों को टेढ़े-मेढ़े सिकोड़ता हुआ बोला, 'कैसी डायन माँ हो तुम! तुम्हें ज़रा भी शरम नहीं आती, हाय रुपया-हाय रुपया करते हुए, यहाँ मैं व्यापार के घाटे की चिन्ता में मरा जा रहा हूँ, रात-दिन खट-खट कर अपने हाड़ गला रहा हूँ, और तुम्हें अपने रुपयों की पड़ी है? अच्छा हो कि यह बात दुबारा मुँह पर लाने से पहले तुम डूब मरो। तुम्हारी जैसी माँ से तो माँ न हुई ही अच्छी।'

''हंसा पथराई-सी बेटे की विष भरी कटुक्तियाँ झेलती रही, फिर एक कोने में जाकर इतने ज़ोरों से फूटकर रोई कि बगल का पड़ोसी घबराकर आया और इनके फ़्लैट की घंटी बजाने लगा। पर जो ख़ुद इतने ख़तरनाक हों, उन्हें किसी और ख़तरे की क्या परवाह! बेटे ने आँखें दिखाते हुए दोनों हाथों से माँ का मुँह दबोच लिया और बहू ने ज़ोरों से टी.वी. पर रोने का सीरियल लगा कर, दरवाज़े पर खड़े पड़ोसी महोदय से मीठी-मीठी बातें बनाकर उन्हें हँसते-हँसते विदा कर दिया।''

मैं आँखें फाड़े उन दोनों को देखती हुई, सोचे जा रही थी कि पढ़ा और सुना तो बहुत था कि माँ-बाप की ममता अन्धी होती है, पर विश्वास नहीं किया था। लेकिन ये दोनों अपने कृतित्व से इस बात पर 'मुहर' लगा रहे थे कि मैं इस बात को सवा सोलह आने सही मान लूँ।

मेरे स्वभाव की सिफ़त ठहरी चपल-चंचल! मुझमें उनका 'रोंदला' (रोता हुआ) इतिहास सुनने का धैर्य कहाँ था! इसलिए माँ को बीच में ही टोक कर मैं बोल पड़ी, ''ये सब तो बीते कल की बातें हैं, पर आज ऐसा क्या घट गया था, जो ये लोग आधी रात को यों कंगालियों की तरह मुँह छिपाए भाग रहे थे? इनके पास न तो कोई रुपया-पैसा था और न ही कोई सामान, तो क्या ये लोग आत्महत्या करने जा रहे थे?''

मेरे बड़बोलेपन पर मुझे माँ की करारी डाँट पड़ने ही वाली थी कि हंसाबाई ने

अपनी ऊबड़-खाबड़ साँसों से यह जवाब दिया, ''उमा! एक बार मन में तो यही बात आई थी! फिर यह सोचकर कि हम तो आराम से चले जाएँगे, पर गाँव-दुनिया इन पर थू-थू करेगी, ऊपर से संजय की बदनामी होने से अनन्त के विवाह में भी 'आँट' (बाधा) आएगी, हमने वह विचार त्यागकर यह सोचा कि कंडक्टर के सामने रो-गिड़गिड़ा कर किसी तरह बिना टिकट, रायगढ़ की रेल में बैठ जाएँगे। इसीलिए हम सियालदह स्टेशन की ओर जा रहे थे।''

मैं हैरान थी कि जिन लोगों ने इन पर बेतहाशा जुल्म ढाने के बाद, इन्हें मार-कूट कर, दर-दर की ठोकरें खाने के लिए घर से निकाल दिया, उन्हीं के यश-अपयश के लिए ये आज भी मरे जा रहे हैं! मुझे लगा मैंने ही ग़लत सुन लिया है, इसलिए मैंने दुहराया, ''बदनामी?'' इस पर हंसाबाई का जवाब था, ''हाँ उमा! तू ही बोल, संजय की बदनामी तो होती ही ना!''

यह सारी चर्चा सुनते समय माँ क्रोध से लाल भभूका हो रही थीं, जिसका एक कारण यह भी था कि हंसा जीजी की बहूरानी माँ की बचपन की सहेली 'गोबली गाय' (अति भली) विद्या की बेटी थी और वे ही इस विवाह की घटक थीं। माँ ने एक अपराधी की तरह गर्दन झुकाकर कहा, ''मैंने उस 'चंडिके' को विद्या का हवाला देकर कई बार समझाने की कोशिश भी की, पर राम जाने वह देवी माता किस धातु की बनी हुई हैं! उस पर किसी बात का कोई असर ही नहीं होता था और वह हर वक़्त अपने पूरे 'जोम' में जालसाज़ियों से भरी कारगुज़ारियाँ करने में ही मशगूल रहती थी। जब इन दिनों हंसा ने मुझे कोई ख़बर नहीं दी, तो मैंने सोचा—हो सकता है, वह देवी 'मंढ' (यथास्थान) में आ गयी होगी और अब हंसा आराम से होगी।''

अभी माँ का वाक्य अधूरा ही था कि हंसा जीजी ने पहले तो अपने माथे पर दोहत्थड़ मारा और फिर अपने सिर को ज़ोरों से भड़ाभड़ ज़मीन पर पटकने लगीं। उनकी सभी मुद्राएँ किसी पागलख़ाने से छूटे व्यक्ति सरीखी थीं, इसलिए हम लोगों ने उनके दोनों हाथ और सिर पकड़ लिए और माँ ने डपट कर कहा, ''हंसा, के होया, जो पागलाँ की तरियाँ करै सै? (हंसा, क्या हुआ, जो पागलों की तरह कर रही हो?)''

उस लम्बी-चौड़ी कहानी की जान यह है कि बेटे-बहू ने पहले तो हंसा का सारा 'स्त्री धन' बैंक के 'लॉकर' से निकालकर हड़प लिया और फिर कल दोपहर, जब हंसा के पति काम से बाहर गये हुए थे, बेटे ने माँ को 'पोट' (पटा) कर उससे फ्लैट के काग़ज़ों पर दस्तख़त करवा लिए। यह क्या है, पूछने पर सुपुत्र जी ने अपनी जुबान में मिश्री घोल कर माताजी से कहा, ''माँ! तुम्हारी कई दिनों से इच्छा थी ना कि तुम कोई बड़ा दान करो, तो इन दिनों मेरे बहुत ही अच्छी कमाई हुई है, इसलिए

मैं इन 'स्टैम्प पेपर' पर उसे लिखकर तुम्हें अर्पित कर रहा हूँ।''

बेटे-बहू पर आशीषों का ख़जाना लुटा कर, हंसा जीजी उस रात आनन्द की नींद सोई ही थीं कि बहू ने आधी रात को झटक कर सास की चादर खींचते हुए कहा, ''अब उठिए भी, बहुत सो लिए! हमारी आधी जवानी तो आपकी 'खेचल' (कष्टप्रद काम) करते हुए खत्म हो ही चुकी है, क्या बाकी बची हुई ज़िन्दगी में भी आप लोग यों ही हमारी छाती पर बैठे मूँग दलते रहेंगे? यदि आप लोगों में ज़रा भी हया बची हो, तो इसी घड़ी अपना काला मुँह लेकर चुपचाप यहाँ से दफ़ा हो जाइए, वर्ना दोपहर में पड़ोसी दस तरह के प्रश्न पूछेंगे।''

वे दोनों स्तब्ध और हतप्रभ फटी आँखों से उस 'बहू' को संज्ञाशून्य-से देखे जा रहे थे कि अगला वाक्य गूँजा, ''आप लोग मनों खाना तो मिनटों में भकोस लेते हैं, और अब आप से हिला नहीं जा रहा है? अरे! यों आँखें फाड़े देख क्या रहे हैं! झट से उठिए और निकलिए यहाँ से! अब तो बख़्शिए हमें।'' कहते हुए उसने हंसा जीजी को इतनी ज़ोर से धक्का दिया कि वे पलंग से नीचे जा पड़ीं और किसी तरह बोलीं, ''इतनी रात को! रास्ते में कुछ 'हो-हवा' गया तो?''

''अरे! क्या होने को पड़ा है आप लोगों को? लुटेरे क्या अन्धे होते हैं, जो आप लोगों पर हमला करेंगे? और माँ जी! यदि आपको कुछ हो भी जाए, तो भगवान को धन्यवाद दीजिएगा कि मुक्त हुए!''

'हे भगवान! यह औरत है या जल्लाद!' सोचकर मरती-पड़ती-सी हंसा जीजी उठीं और पथराए पति को हल्के हाथ से उठा कर बोलीं, ''आओ! चाल्लाँ।'' ज़ीना उतरते हुए उन्होंने बीच सीढ़ी पर बैठ कुछ देर अपनी ऊपर-नीचे होती साँस को सँभाला और यह 'जँचाने' लगे कि कहाँ जाएँ। तभी ऊपर खड़ी बहू ने ससुर को ऐसी-ऐसी गन्दी गालियाँ देना शुरू किया कि हंसा के पतिदेव अपने कानों पर हाथ धरकर, लुढ़कते हुए-से नीचे आ गये। पर हाय रे माँ का कलेजा! मरे बराबर अपमान होने के बाद भी यह सोचकर कि सुबह जब लोग उन्हें घर के अहाते में पोटली लिए बैठे देखेंगे, तो उनके बेटे-बहू की क्या इज़्ज़त रह जाएगी, वे अँधेरी रात में ही वहाँ से उठ कर आड़े-तिरछे क़दमों से रोते-बिलखते अपने गन्तव्य स्टेशन की ओर जाने लगे कि तभी उन्हें 'सावाँ बेबे' की कड़कती आवाज़ सुनाई पड़ी।''

कथा पर अर्द्धविराम लगते ही माँ ने तड़पकर कहा, ''हंसा! तुझे ज़रा-सा तो सोचना चाहिए था कि आख़िर तू किस खानदान की है? तेरे बाबाजी तो साक्षात मृत्युंजय थे और उनके गोद आया हुआ तेरा बाप भी कुछ कम नहीं था। किसी और दिन तुम लोगों को उनके क़िस्से सुनाऊँगी, फिलहाल तो शरम की बात यह है कि उस बहादुर खानदान की बेटी होते हुए भी तुमने इस तरह अपने 'हाण' (हिम्मत) खो दिए।''

किर्च-किर्च हुई हंसा जीजी को यों बिखरते देखकर माँ का क्रोध सातवें आसमान पर जा पहुँचा। पर चूँकि वह बेचारी तो दुर्दिन-मारी थीं, इसलिए माँ ने उन्हें कुछ न कहकर मेरी ओर मुख़ातिब होकर, हमेशा के विपरीत, ख़ासे कड़वे स्वर में कहा, ''उमा! तुम यों छिटकी-सी खड़ी, कोई तमाशा देख रही हो क्या?''

''हँ! हैं!'' करते हुए मैं कुछ कहती कि उनका आदेश सुनाई पड़ा, ''अभी फ़ोन करो अपने भायले (मित्र) पुलिस कमिश्नर को और उनसे कहो कि तुरन्त इसके बेटे-बहू का वारंट कटाकर उनके हथकड़ियाँ डाले।''

''माँ! यह कोई मज़ाक है क्या? हर चीज़ का अपना एक तरीका होता है।''

माँ ने चश्मे के पीछे से झाँकती अपनी बड़ी आँखों को और भी फाड़ कर कहा, ''तरीक़ा? हद्द हो गयी भई! मरते आदमी को ऑक्सीजन देते वक़्त तो बिना आगा-पीछा और तरीक़ा देखे उसके मुँह से मुँह चिपकाकर साँस दे दी जाती है! और इन मरे-पिटे लोगों के लिए तुम भाषण और क़ानून बघार रही हो? शरम आनी चाहिए तुम्हें! लाओ, मुझे दो फ़ोन!''

इसके पहले कि मैं कुछ कहती मेरा मोबाइल माँ के हाथ में था।

''हैलो! सुकान्त बाबू! हाँ! हाँ! मैं सावित्री! उमा की माँ बोल रही हूँ।'' और पलक झपकते ही माँ ने उनके साथ बातचीत कर एक तदबीर निकाल ली।

माँ की सत्संग-मंडली में पास के थाने के तीन सिपाही भी शामिल थे। वे आला दर्ज़े के ईमानदार और धार्मिक थे। उनमें से एक उस वक़्त थाने में मौजूद था, उसने तुरन्त एफ़.आई.आर. आदि दर्ज करके, उसके आधार पर बड़े थाने से 'सर्च वारंट' और पति-पत्नी के नाम का गिरफ्तारी वारंट कटवा लिया। कमिश्नर साहब के हवाले से आनन-फ़ानन में ही वहाँ दो इंस्पेक्टर भी आ गये।

सारी साज-सज्जा तैयार होते ही माताजी बिना झंडे के झाँसी की रानी बनी हुई, उस बटालियन के साथ, हंसा जीजी के घर जा धमकीं और अपना 'पाञ्चजन्य' फूँक कर रंगरलियाँ मनाते बेटे-बहुओं से बोलीं, ''वाह भाई वाह! यहाँ तो एकदम होली-दिवाली-सी रौनक हो रही है, क्या ख़ास बात है, जो इतनी ख़ुशियाँ मनाई जा रही हैं?'' हँसता-खिलखिलाता वह जोड़ा, झेंपता हुआ-सा 'अरे मौसी जी!... अरे दीदी! आइए! आइए।' के आगे कुछ कह पाता कि माँ के पीछे खड़ी क़तार को देख, सहम कर पीछे हट गया। पर अब हट कर, कहीं जाने की गुंजाइश कहाँ थी? इतने में ही माँ की कड़कदार आवाज़ छज्जों-चौबारों को पार करती पूरे मोहल्ले में गूँजी, ''हवलदार साहब! घाल (डाल) दीजिए इन दोनों को हथकड़ी! बेहया, बेशरम कहीं के! जिस जबान से गाली निकालते हैं उसी से हमारा स्वागत कर रहे हैं!''

कहना नहीं होगा कि शाम ढलने के पहले ही माँ ने वकील की उपस्थिति में

वह फ़्लैट छुड़वा लिया और हंसा का सारा धन एक नए लॉकर में रखकर, उस पर एक सही अपनी भी करने के बाद उसकी चाबी भी अपने पास ही रख ली। फ़्लैट के काग़ज़ात 'घरू' (पारिवारिक) वकील को सौंपते हुए माँ ने कहा, ''वकील जी! आज से आप ही हंसा के गार्जियन हैं (वकील माँ के ही गाँव के और उनके पिता के पोसे हुए थे)। मैं रहूँ न रहूँ! आपको हवाला मेरे बाप का कि आप इस 'छोरी' की सदा सँभाल रखेंगे।''

माँ ने हंसा जीजी का सारा 'जाचा-जचा' (सब कुछ ठीक) कर उसके बेटे-बहू से कहा, ''निकलो तुम दोनों यहाँ से, और कहीं और ठौर-ठिकाना करो।'' पर माँओं की कहनी और करनी क्या कभी एक होती है?

हंसा के बेटे-बहू अपनी माँ और मेरी माँ के पैरों में पड़-पड़ा कर वापस आ गये और सुनने में यह भी आया कि हंसा और उसके पति का अपने पोते से बेइन्तिहा मोह भी हो गया है।

चाबियाँ अभी भी माँ के ही क़ब्ज़े में थीं, शायद इसलिए भी वे शरीफ़ज़ाद बने हुए माता-पिता की सेवा में लग हुए थे। 'हंसा माँ' सारा कटु अतीत बिसरा कर बेटे-बहू का गुणगान करने लगी थीं जिससे पास-पड़ोस को भी उन दोनों की भलमनसाहत पर यक़ीन होने लगा था, और हंसा जीजी को लगने लगा था जैसे अब चारों ओर सतयुग ही सतयुग है।

माँ के जाने के कुछ दिनों बाद तक तो मैंने हंसा जीजी की चाबी सँभालकर रखी, पर मुझमें माँ-सी उदारता कहाँ! इसलिए एक दिन मैंने बहुत प्यार से वह भार उसकी मालकिन को 'सँभला' दिया। चाबीवाले दिन हंसा जीजी के पोते के रंग-ढंग देखकर मैं कुछ चकराई भी! पर जब हंसा जीजी ने उसे ख़ुद से चिपकाते हुए यह कहा, ''उमा! यह कहावत एकदम सही है कि मूल से सूद ज़्यादा प्यारा होता है। अब देख ना! इस छोरे में मेरा मोह इसके बाप से हज़ार गुना ज़्यादा है और यह भी मुझे अपनी माँ से ज़्यादा प्यार करता है, तो मुझे लगा मैं बेकार में ही सब पर शक़ करती रहती हूँ।''

अभी मुझे हंसा जीजी की ख़ुशहाल ज़िन्दगी से ख़ुश हुए ज़्यादा दिन नहीं हुए थे कि मेरे पास उनकी आपदा-विपदा की छोटी-मोटी ख़बरें आने लगीं। माँ के जाने के बाद वृहत् मातृपक्ष वालों के साथ आई दूरी के कारण, मुझे उनसे कटने का बहाना मिल गया था और जीवन की अफ़रा-तफ़री के साथ ख़ुद के जंजालों से घिरे मेरे जीवन में हंसा जीजी का अता-पता क्रमश: खो गया था।

अचानक एक दिन जीजाजी (हंसा-पति) के देहावसान की ख़बर आई। रिश्तेदारी में मरे-जिए में जाना आवश्यक होने के कारण, जब मैं वहाँ गयी, तो हंसा जीजी को देखकर दंग रह गयी। उनके वैधव्य की व्याकुलता के पीछे भी उनके

दैनन्दिन की दीनता साफ़ नज़र आ रही थी। मेरी प्रश्न भरी आकुल दृष्टि को जब हंसा जीजी ने देखकर भी अनदेखा कर दिया, तो उनकी अन्दरूनी खस्ता हालत मुझसे छिपी नहीं रही। हालाँकि मैं उनके बहुत गरीब नहीं थी, फिर भी पड़ोस में रहने के कारण, बचपन में 'जीजी! जीजी!' का रट्टा तो मैंने भी मारा ही था, इसलिए सही जानकारी के लिए मैंने उनकी 'पड़ोसन ताईजी' का पल्ला पकड़ा। हंसा जीजी के बाबत उनकी बताई हुई कहानी यूँ है,

''सावित्री बाई के जाने के बाद, हंसा का बेटा एकदम निडर और ढीठ हो गया और उसने ख़ूब चालाकी से अपने बेटे रूपी जाल में इन सीधे-सादे पति-पत्नी को फँसा लिया। प्रौढ़ावस्था में दुबारा बचपन का आनन्द लेते हुए हंसा और पवन बाबू देखते ही देखते हर वक़्त 'अनन्त! अनन्त!' की माला जपने लगे। पर वह बछड़ा कब साँड़ बन गया, इससे ग़ाफ़िल हंसा जीजी उसे 'नई ब्याही' गाय की तरह रात-दिन अपने वात्सल्य रस से भिगोती रहीं, और बाँध टूट कर बहा उनका मातृत्व-प्रपात 'अनन्त रूपी जीवात्मा' को बारह महीनों के चौबीसों घंटे आपादमस्तक सिंचित करता रहा।

''एक तो ओछे माँ-बाप की संकीर्णमना परवरिश से पालित, ऊपर से दादी की स्नेह-पगी धन की बौछार! ऐसे में किसी भी युवा के अशिष्ट और उद्दंड बन जाने की सम्भावना तो रहती ही है, ऊपर से अनन्त के माँ-बाप अब भला 'करेले को नीम चढ़ने' में क्या देर लगती। इन दिनों वह हर वक़्त बात-बेबात दादा-दादी को 'सिरड़ी' (किचकिचिया) मूर्ख आदि कहकर झिड़कता रहता। आहिस्ता-आहिस्ता यह स्थिति हो गयी कि दादा-दादी को देखते ही उसे जैसे बिजली का करंट-सा छू जाता और वह अनाप-शनाप बकवास शुरू कर देता। उसके अपमानों से असमय बुढ़ाए दादा-दादी अपने आँसू पोंछते हुए उसकी बदतमीजियों को बचपना कहकर टालते रहते।

''हमेशा की तरह, परसों रात जब वह नशे में धुत होकर घर लौटा, तो दादा के ज़रा सा टोकने पर, उसने सूट लटकाने का भारी हैंगर उनके सिर पर ज़ोरों से दे मारा, और वे बेचारे 'औसान चूक' (हतप्रभ)-से उस अकल्पनीय प्रहार से घबराकर सिर के बल ज़मीन पर जा गिरे, नतीजन उनके 'ब्रेन हैमरेज' हो गया। चीनी की बीमारी होने के कारण उनकी हालत और भी 'ताब' में नहीं आई और वे चल बसे। जब थाने से आए सावित्री बाई के धर्म भाई सिपाहियों ने हंसा से मृत्यु का कारण पूछा, तो उस संकट के समय में हंसा ने उन्हें बिना अटके कह दिया, आधी रात को पेशाबघर में 'आक्खड़' (ठोकर जगना) गये थे।''

''हंसा जीजी को समय न दे पाने के अपने ढेरों बहानों पर ग्लानि होने के बावजूद भीतर ही भीतर मेरा 'दिद्दा' (मन) हंसा जीजी की ज़िम्मेदारी लेने का

नहीं था। वैसे इसमें हंसा जीजी की भागीदारी भी कुछ कम नहीं थी। मैंने जब कभी हाल-चाल पूछ कर उनके जीवन में घुसने की चेष्टा की, तो अपने चेहरे पर छाई अवसाद की परत को पीछे सरका कर, वे मुस्कराते हुए अपने दोनों हाथ आकाश की ओर उठा कर कह देतीं, ''एकदम ठीक स्यूँ, तैं चिन्ता मत कर।'' मेरा यह प्रस्ताव कि रामदरश मामा (हवलदार) रोज़ उनका हाल-चाल पूछ लिया करेंगे, उन्होंने इस तरह ख़ारिज कर दिया, मानो मैंने उनके सामने किसी बम आरोपण की बात कह दी हो।

एक दिन मेरी गहरी उद्विग्नता देखकर उन्होंने कहा, ''उमा! तुम ज़्यादा माथा मत लगाओ और मुझे मेरे भाग्य पर छोड़ दो। क्या 'साँवा बेबे' चाहकर भी मेरे बुरे समय की घड़ी को उलटा घुमा पाईं? मेरे भाग्य के आगे जब उन जैसे ऋषि व्यक्तित्व का ही वश नहीं चला तो तुम और मैं तो हैं ही क्या?''

उनकी दिलासों से भरी हुई मैं रास्ते भर सोचती रही कि माँ के अनुसार हंसा जीजी जैसा साधु स्वभाव सदियों में किसी एकाध प्राणी का ही होता है। साथ ही उसमें वे यह नुक़्ता भी जोड़ दिया करती थीं कि ''पता नहीं यह ऊपरवाला भी अपने ख़ास बन्दों को ही ज़्यादा तकली? क्यों देता है!'' पर उनके जैसी धर्मपरायण महिला भगवान को कैसे दोषी मानती, इसलिए वे यह कहकर भगवान को माफ़ी दे देतीं कि ''हो सकता है वह इसी बहाने हमारे पूर्वजन्म के पाप कटवाता हो।'' इस प्रकार प्रकट की गयीं अपनी उक्तियों का समापन वे हमेशा दर्शन भरे इस वाक्य से करतीं, ''उमा! सदा विश्वास रखना कि भले ही उसके यहाँ देर हो जाए, पर अँधेर नहीं हो सकता। इसलिए देखना एक न एक दिन भगवान हंसा का न्याय भी ज़रूर ही करेगा।''

ऐसे ही विमर्शों के जाल में फँसी मैं बार-बार अपने मन में माँ से पूछ रही थी, ''क्या हुआ तुम्हारे भगवान के न्याय का? अब यह मत कहना कि अभी हंसा के पाप कटने बाक़ी हैं। सच तो यह है कि ये सारे आश्वासन ही 'फ्रॉड' हैं, नक़ली हैं। ज़रा पूरी दुनिया में आँख घुमा कर देखो, चारों तरफ़ दुष्ट बैठे राज कर रहे हैं, और भले नरक भोग रहे हैं। अब तुम्हीं बताओ! सुबह से रात तक सबका भला चाहने वाली हंसा जीजी को क्या कभी भी इन दारुण मानसिक कष्टों से मुक्ति मिली है, या मिलेगी?''

मुस्कराने की अपनी जन्मना आदत के तहत शायद माँ मेरे उपालम्भों के जवाब में ज़ोरों से मुस्कराई होंगी, क्योंकि दो-एक दिन बाद ही एक भयंकर ख़बर मिली, ''सशस्त्र गुंडों ने हंसा जीजी के घर पर हमला कर उनके बेटे-बहू को मार डाला। बहू ने उस वक़्त दुनिया भर के ज़ेवर पहन रखे थे और बेटा कहीं से रुपयों भरा 'ब्रीफ़केस' लाया था। ज़्यादा ना-नुकर और हाथपाई करने पर अन्ततः हमलावरों ने

उन दोनों की जान ले ली।

यह पूछने पर कि हंसा जीजी की क्या ख़बर है! पता चला कि वे अपने किसी रिश्तेदार के यहाँ गयी हुई थीं, इसलिए बच गयीं। कुल के चिरा? अनन्त के बारे में तहक़ीक़ात करने पर, जो तथ्य सामने आए, वे अत्यधिक चौंकाने वाले थे। पुलिस ने बताया कि उन गुंडों में से तीन को पकड़ लिया गया है और उनके अनुसार यह सारी योजना अनन्त की ही बनाई हुई थी। चूँकि वह 'ड्रग' लेने के साथ-साथ और भी कई बुरे धन्धों में फँस गया था, इसलिए उस पर 'गुंडा-सरदार' का बड़ा कर्ज़ हो गया था। उन लोगों ने घर की विस्तृत जानकारियों वाला एक नक्शा और घरवालों की समय-सारणी भी पुलिस को दिखाई, जिससे पुलिस का सन्देह अनन्त पर पुख़्ता हो गया।

मेरे यह कहने पर कि जब यह साबित हो चुका है कि यह सारी साजिश अनन्त की ही है और वही इस कांड का 'मास्टर माइंड' (कर्ता-धर्ता) है, तो उसे गिरफ्तार क्यों नहीं किया जा रहा, मुझे उत्तर मिला कि वह ख़ुद को बहुत शातिर समझता है, इसलिए अभी फ़रार है, पर शायद वह नहीं जानता कि हमारे हाथ भी बहुत लम्बे हैं और कुछ ही देर में हमारे लोग उसे पकड़ चुके... वाक्य के बीच में ही हमने कमिश्नर साहब को अपने वायरलेस पर यह कहते सुना, "वेल!... वेरी गुड!... थैंक्यू!... उसे तुरन्त 'लॉकअप' में डालो, मैं आ रहा हूँ।"

वहाँ से लौट कर जब मैंने माँ की फ़ोटो देखी, तो मुझे लगा कि उनकी अचल तस्वीर जीवन्त होकर, अलौकिक भावों से भर गयी है और उनकी वही शाश्वत मुस्कराहट मेरी सारी दुविधाओं का जवाब दे रही है।

एक बन्दा रश्क़-ए-ख़ुदा

"अरुण! क्या ही लड़की है, यह अनन्या। जब से उससे मिली हूँ, बस उसी का चेहरा आँखों के सामने घूम रहा है। पता नहीं क्यों उसके लिए मन में एक खिंचाव-सा हो रहा है। लगता है, मैंने इससे मिलते-जुलते किसी चेहरे को ख़ूब देखा है, पर कुछ याद नहीं आ रहा है, और मन है कि किसी भूल-भुलैया के चक्कर काटे जा रहा है।"

"मंजुल! कल से देख रहा हूँ कि तुम बार-बार उसी लड़की का जिक्र कर रही हो। तुम इतनी बड़ी कम्पनी की एम.डी. हो और इसी शहर की निर्मिति होने के कारण तुम्हारा परिचय संसार भी बहुत बड़ा है। हो सकता है, उसी भीड़ में तुम उससे भी कभी टकराई हो।"

मेरे चेहरे की उलझन कम न होती देखकर अरुण ने सुझाव दिया "मंजुल, भगवान ने जब तुम्हें फोटो-मेमरी से समृद्ध कर रखा है, तो तुम उसका दरवाज़ा क्यों नहीं खटखटातीं?"

अरुण का कहना था कि मेरे सामने सिनेमा की तरह रील-पर-रील खुलने लगी, और समय ने अपना अग्रगामी रुख़ अतीत की ओर मोड़कर मुझे पाँच दशक पहले की उस गली में पहुँचा दिया, जहाँ चाँपाकल (गंगाजल का चहबच्चा) की उलटी ओर स्थित, पँचतलिया मकान के पचास परिवारों में से ही एक नखराला परिवार हमारा भी था।

हरियाणवी, बीकानेरी, मेवाड़ी, शेखावाटी, हीरवाटी आदि राजस्थानी उपभाषाओं के लोगों से सजा-बजा यह मकान सर्वदा चहचहाता रहता था। इसके रहवासी साधारण आकांक्षाओं वाले मध्यवित्त गृहस्थ थे, और अपने सादेपन और सहजता में मगन रहते थे। यदि कोई परिवार अपने बरामदे में ऊपर टंकी चढ़ाकर स्वतन्त्र स्नानागार की सृष्टि कर ले, या कोई सेकंड हैंड गाड़ी, फ्रिज या फ़ोन ले आए, तो किसी को ईर्ष्या नहीं होती थी। सब अपने-अपने तरीक़ों में ख़ुश थे, और सबके बीच सौहार्द था।

रोज़ ढलती दोपहर को वहाँ की सारी गृहिणियाँ साफ़ी के पल्लू से सिर ढँके आँगन में झाँकते गोल गलियारे में निकल आतीं और सारी बोलियों के मिश्रण से बनी राजस्थानी 'क्रियोल' (खिचड़ी भाषा) में गप्पें लगाने लगतीं। लेकिन मध्य दिसम्बर की एक दोपहर को इसमें एक ज़बर्दस्त व्यतिक्रम हुआ। उस दिन बच्चों और पतियों को स्कूल-ऑफिस भेजकर, जब वे सद्‌हिणियाँ अपनी कमर सीधी कर ही रही थीं कि सबकी 'सेनापतनी बोथरा मासी' के 'हेलो' से पूरा मकान गूँजने लगा। 'ओ जिठाणी जी! ऐ सन्तोषरी माँ! ऐ बिजयरी माँ! ऐ श्यामै री बींदणी!', और इसी तरह अमुक की माँ और फलाँ की बींदणी की पुकार के प्रत्युत्तर में वह बरामदानुमा गलियारा मिनटों में ही पचहत्तर प्रतिशत भर गया। वैसे इनमें से अधिकांश चेहरों पर उत्सुकता कम और आराम में ख़लल पढ़ने की झुँझलाहट ज़्यादा थी। कनपुरिया भालोटिया चाची ने तो नज़रे से नकियाते हुए कह भी दिया, "यह मकान हैं याँ सब्ज़ीमंडी। मजुल की माँ, आखिर बात क्या है?" पर उनका प्रश्न अधर में ही लटकता रह गया, क्योंकि यह महिला दल 'सेनापतनी जी' से भयभीत भक्त दल था।

औरतों का इतना बड़ा झुरमुट इकट्ठा हो और कोई झकझक न हो, यह कैसे सम्भव है? और आज तो ये सारी महिलाएँ सुबह से ही अपने 'छुट्टे' नौकरों को फ़ुसफ़ुसाते हुए सुन रही थीं, "अरे भाई! का बतावैं! घोर कलजुग आय गवा है, जानै केकरा पाप का पोटला, बीच रास्ते में खुल्ला पड़ा है!" उन लोगों ने नौकरों की यह बात उस वक़्त तो कान तले मार दी थी, पर अब वही बात वहाँ अतिरिक्त मिर्च-मसाले के साथ दुहराई जा रही थी।

यदि पचास सिर हिलहिल कर एक साथ ज़ोरों से बात करें तो उसका 'डेसीबल' (ध्वनि-माप) कितना ऊँचा पहुँच जाएगा, इसकी कल्पना सहज ही की जा सकती है। इस बकबक को आसमान छूते देखकर, 'बोथरा मासी' की त्योरियाँ खिंच गयीं। उन्होंने जिस 'तूफ़ान-सावधान' वाली 'हुंकार' से सबका आह्वान किया था, वह महाभारत की तरह ही मूलकथा से ज़्यादा उपकथाओं के जंजाल में फँसने लगी थी। अपना प्रयास अकारथ जाते देख, उन्होंने अपने माथे पर दोहत्थड़ मार कर कहा, "माथो खराब हो म्हारो! जो था लोग्गाँ नै हेल्लो मार्यो (मेरा दिमाग़ ख़राब था जो तुमलोगों को आवाज़ दी)।" पर सारे मुँहों को एक साथ 'माफ़ी-माफ़ी' बोलते देख, उन्होंने क्षमा-मुद्रा में कहा, "ठीक है, तो चालो सब एक तल्ले रै बरंडा मा।"

मिनटों में ही फ़र्र-फ़र्र करती वह महिला-बरात वहाँ जा मौजूद हुई और 'सेनापतनी जी' द्वारा इंगित कोने को देख! 'हैंऽऽऽऽ' शब्द को मन्द्र से तारसप्तक तक खींचती हुई, चमक कर पीछे हट गयीं, लेकिन उस मकान की सबसे शरारती और ढीठ बच्ची मैं!... चुटकियों में दस-दस सीढ़ियाँ कूद, आँगन पार करती हुई

उस कूड़े के ढेर के पास जा पहुँची, जहाँ काले चिथड़े पर शरद पूर्णिमा का चाँद अपनी सोलह कलाओं के साथ खिला हुआ था।

श्रीकृष्ण को बालचन्द्र मिला कि नहीं, यह तो वे जानें! या मेरी माँ की कहानी! पर अगले ही क्षण वह 'छोटा-सा चाँद' मेरी गोद में यों हुमक रहा था, मानो सदियों से मुझे जानता हो, और दूसरों को हर वक़्त हकलाने वाली उसकी गूँगी माँ, जिसे सब 'पगली' कहकर पुकारते थे, मुझे 'दुर-दुर' करने की जगह प्यार भरी आँखों से देखे जा रही थी। मेरे लेखे उस वक़्त चारों ओर आनन्द का साम्राज्य छाया हुआ था, लेकिन इसके ठीक विपरीत ऊपर हाहाकार मचा हुआ था।

मेरी सारी चाची, ताई, दादी, मौसी आदि एक स्वर में मेरी माँ की भतर्त्सना कर रही थीं, जिसका सार कनपुरिया चाची की बोली में यों था, ''मंजुल की माँ! बच्चें को सिर पर चढ़ाने की भी एक हद होती है। देख लीजिए आपकी बेइन्तिहा छूट का नतीजा! आपकी लाडली कैसे, उस पाप की पोटली को सिर पर धरे नाच रही है। बस! अब चुम्मा-चाटी ही बाक़ी है और तो सब 'सम्पटपाट' हो ही चुका है!''

इतने में ही नीचे उस सारी क्रिया-प्रतिक्रिया से अनजान इस सात साला लड़की ने उस 'पगली' से मिन्नतें कर वह हीरा अपने हाथों में उठाया और उसे ज़ोर से चूम लिया। पूरा-सा याद नहीं है कि अभी मेरे होंठ उसके माथे पर ही थे कि बाहर! कि तभी एक झन्नाटेदार थप्पड़ मेरे गाल पर पड़ा। मैं हैरान! जिस माँ ने आज तक मुझे फूल की छड़ी से भी नहीं छुआ था, उसकी पाँचों अँगुलियों का उभार मेरे गालों पर?... जो हर वक़्त मेरी मेधा और कर्मठता की प्रशंसा करते नहीं अघाती थी, उस माँ ने! ऐसा किया?

मैं पत्थर-सी स्तब्ध! एकटक माँ को देखे जा रही थी कि वे मेरे दाएँ हाथ को ज़ोरों से खींच कर, मुझे घसीटती-सी मकान में घुसी, और मुझे कपड़ों समेत ठंडे पानी के फ़ुव्वारे के नीचे खड़ा कर दिया।

ख़ैर...कुरुक्षेत्र की युद्धोपरान्त शान्ति जैसे दो-तीन दिन गुज़रने के बाद ही मैं 'वही घोड़े, वही मैदान' कहावत को सिद्ध करती हुई मैं! मकान की छत पर हिरणी सी कुलाँचे भरती हुई, मोहल्ले भर के लड़कों की 'गुड्डियों' को 'वो काटा', 'वो मारा' करती हुई पेंच लड़ाती दिखी। दरअसल मैं लड़की नहीं!... बिजली का एक पुंज थी, जिसके शरीर को शरारत की विद्युत-तरंगें हर वक़्त तरंगित करती रहती थीं। बड़े लड़कों की बात-बेबात 'कुटाई-पिटाई' करना जिसका व्यसन था।

बाबू जी को लड़कों से ज़्यादा आस्था लड़कियों में थी, और मेरे बढ़िया परीक्षा-फलों के कारण वे मुझे कुछ ज़्यादा ही प्यार करते थे। वे मेरी शरारतों के ख़िलाफ़ दायर की गयी सारी याचिकाओं को अपने तर्कों से तुरन्त ख़ारिज़ कर देते

थे, और मैं फिर से शेरनी बन कर, अनेकानेक बहानों से बड़े लड़कों की ठुकाई शुरू कर देती थी। माँ मुझे हर वक़्त सुनाती रहती, ''राम जाने! यह लड़की ससुराल जा कर मुझे कितनी बदनामी दिलाएगी।'' और इसके प्रत्युत्तर में मेरा शाश्वत जवाब होता, ''माँ! बेफ़िक्र रहो, मैं विवाह ही नहीं करूँगी।''

उस 'पगली' की बच्ची के 'बाप' को लेकर हमारे मकान की सारी औरतें ढेरों कयास लगाती रहतीं। कोई आश्चर्य नहीं कि वे रात के समय अपने सोते पतियों के चेहरे से उस बच्ची का मिलान भी करती रही हों। उनकी दोपहर-मंडली में रोज़ एक न एक नया नाम उभरता, जैसे दवा की दुकान का कम्पाउडर, होम्योपैथिक डॉक्टर, पनवाड़ी, धोबी और ख़ासकर चौबाइन के उस गोरे पति का! जिसने पगली को अपनी दुकान के गन्दे नाले के पास रात भर सोने की इजाज़त दे रखी थी! पर पक्का कुछ न हो पाता और मजलिस अगले दिन के लिए टल जाती।

इधर वह लड़की! ...तौबा! तौबा! भादों की अमावसी काली रात में जादूगरनी के जादू से पूरे चाँद के उगने की परीकथा को सत्य सिद्ध करती हुई, अपनी ख़ूबसूरती से आकाश-पाताल एक करने लगी, और सुन्दरता के सारे प्रतिमानों को तोड़ती वह तीन वर्षीया लड़की गली-मोहल्ले की माँओं के दिलों पर साँप-सी लोटने लगी।

भगवान जाने! वह 'पगली' अपनी बेटी को कब क्या खिलाती-पिलाती थी! पर उसकी बेटी की गठन इकहरी होते हुए भी भरी-पूरी थी। उसके नाक-नक्श और लावण्य लिए गोरा रंग उसे एक ऐसी सुनहरी आभा से मंडित किए रहते थे कि उसके सामने 'टस्कनी' और कश्मीरी औरतों का सौन्दर्य भी मात खा जाए! ऊपर से! हँसते समय उसके गालों में पड़ते गड्ढे तो हम सब बच्चों को नाचने के लिए बाध्य कर देते थे। शुरू-शुरू में मुझे बिगड़ैल मानकर धिक्कारती 'माँएँ' भी अब मुझसे ही नहीं, अपने बच्चों से भी उस बच्ची की ख़ोज-ख़बर लेने लगी थीं, और अपनी 'पड़ोसन-मजलिस' से छिपाकर बच्चों की उतरनें, पुरानी साड़ियाँ, चादरें आदि पगली को देने लगी थीं।

उस मकान के तीस-चालीस छोटे-बड़े बच्चों ने ख़ूब सोच-समझकर उसका नाम रखा— 'मोहिनी' और सबके सब उस पर नारद की तरह आसक्त हो गये। सुबह स्कूल जाते वक़्त हम उसे 'मचका-मचकू' कर दूर तक 'टाटा-बाय-बाय' करते और स्कूल से लौटते ही, सीधे उसे अपनी पीठ पर लटका कर छत पर ले जाते। वह बन्दी भी अब ख़ूब होशियार हो गयी थी; जब अपनी जीत पर हम यह कहते कि 'मोहिनी! ताली बजा' तो वह काला धागा बँधी अपनी गोरी कलाइयों और हथेलियों से तालियाँ बजा-बजा कर हम सबका मन मोह लेती थी।

पर ऊपर बैठा वह नाट्यकार यदि धरती पर ही स्वर्ग उतार दे, तो फिर उसे

कौन याद करे?

जाड़े की अँधेरी आधी रात के बाद का समय ठहर कर!... उस गूँगी की मूक चीज़ों से ऐसा भरा मानो सारी क़ायनात दर्द से कराह उठी हो। बन्द कंठ से फूटती चीत्कारें! बेबस गूँगी की वह घों-घों आवाज़! जब तक बन्द दरवाज़ों को पार कर वहाँ के लोगों तक पहुँचती! उसके पहले ही वह वहशी दरिंदा वहाँ से भाग छूटा था। आदमी के भीतर छिपी उसकी आदमखोर कामुक प्रवृत्ति आज उस नन्ही बच्ची को अपना ग्रास बनाने ही वाली थी कि रक्ताक्त होने के बावजूद पगली के सशक्त प्रतिरोध और खटाखट खुलते दरवाज़ों ने उस नरपिशाच से मोहिनी को बचा लिया था। आज भी जब उस नृशंस घटना की स्मृति-मात्र तन-मन को सिहरा देती है, तब सहज ही कल्पना की जा सकती है कि उस समय हम बच्चों का क्या हाल हुआ होगा? इस कांड के बाद जब हलवाइन ने पगली को अपनी दुकान के कोने में सोने की जगह दे दी, तब जाकर हमारी बच्चा टोली की रातों की नींद और ख़ुशियाँ लौटीं, और हमारे रात-दिन फिर से मोहिनी रूपी सूर्य के चारों ओर घूमने लगे।

तभी मेरे पिता जी ने दूर मुहल्ले में बिना आँगनवाले मकान में एक फ्लैट ले लिया। उसका साफ़-सुथरापन मुझे उस गन्दे मुहल्ले के विनिमय में बिल्कुल भी नहीं सुहाया, लेकिन बड़ों की दुनिया में हम बच्चों की संवेदनशीलता को समझने का अवकाश किसे होता है?

मैं रोज़ स्कूल की टिफिन छुट्टी में, उस मकान के दोस्तों से मोहिनी के हालचाल पूछ कर, अपने कल्पना-लोक में ही मोहिनी के साथ खेल लेती थी कि मेरी माँ की महत्त्वाकांक्षा ने मुझे एक क्लास ऊपर 'कुदाने' के चक्कर में, एक नए स्कूल में भर्ती कर दिया। अब मेरे पास मोहिनी की खोज-ख़बर का कोई ज़रिया नहीं बचा था।

मोहिनी से सम्बन्धित सूचना-तन्त्र को छिन्न-भिन्न हुए एक अर्सा हो चुका था कि अचानक माँ ने मुझे एक ख़बर सुनाई, "ऐ मंजुल! तेरी उस पगली की बेटी के तो भाग्य ही खुल गये। एक ऊँचे खानदान के सन्तानहीन जज ने उसे गोद ले लिया है।"

"माँ! उसकी माँ कैसी है?"

"अरे भई! अफवाह तो यह है कि बेटी का जाना सुनकर ही उसने खाना-पीना छोड़ दिया था, पर ये सब मनगढ़न्त क़िस्से ही होंगे! उस पगली में इतनी बुद्धि थोड़े ही थी कि उसे अपनी बेटी का ऐसा विरह व्यापता?"

माँ के यह कहते ही मेरे मुँह से यकायक निकल गया, "माँ! तुम कैसी हो? तुम्हें एक गरीब माँ का दुख भी, दुख नहीं लगता! पर सच बताओ, क्या तुम मेरे जाने के दुख में मर सकती हो?"

यह सुनते ही मेरी माँ का मुँह! खुला का खुला रह गया। उन्होंने मुझे ज़ोरों का एक थप्पड़ मारते हुए कहा, "बहुत कतरनी-सी ज़बान चलने लगी है। तुम्हें होश भी है कि क्या बक रही हो?"

शायद माँ की बात सही ही रही होगी, पर उस समय मेरे मन में जो हाहाकार मचा हुआ था, क्या उसे मापने का कोई भी मीटर किसी के पास था? मुझे ऐसा लग रहा था मानो मेरे सपनों के देश की परी को कोई राक्षस उठाकर ले गया और उसकी दीन-हीन माँ उसे बचा नहीं पाई! मैं मन ही मन अपने माँ-बाप को भी कोस रही थी, जिनके कारण मेरा सोने-सा संसार टूट-फूट गया था।

बच्चों की दुनिया का खेल ऐसा ही होता है, जिसमें एक मिट्टी के खिलौने की क़ीमत! हीरे-ज़वाहरात के भंडार से कहीं ज़्यादा होती है।

समय की नदी अभी एकाध वर्ष ही आगे बही होगी कि मेरी स्कूल बस! एक नई जगह पर रुकी और प्रथम कक्षा की एक अत्यधिक ख़ूबसूरत लड़की उसमें चढ़ी। बस की सारी लड़कियाँ सम्मोहित-सी उसे एकटक देखे जा रही थीं और वह बच्ची भी अपने पूरे चेहरे को 'मनहरती' मुस्कान-से भरे, बस के कोने में बैठकर, सबको टुकुर-टुकुर देख रही थी। थोड़ी ही देर में, पौन बस की लड़कियाँ उसे घेरे हुए, खड़ी-बैठी थीं और ड्राइवर चिल्लाए जा रहा था, "अरे! बस का भार गड़बड़ा रहा है! जाओ, सब चुपचाप अपनी-अपनी जगह पर बैठो।" पर लड़कियाँ थीं कि बहरी-सी उसकी चिल्लाहट को अनसुनी करते हुए उस अपरूप सौन्दर्य को घेरे हुए निहारे जा रही थीं।

उस प्राइमरी की बस की सबसे वरिष्ठ छात्रा मैं थी, इसलिए रौबीली आवाज़ में बोली, "चलो! बैठो सब अपनी-अपनी जगह।" और 'धच्च' से उसके पास बैठती हुई बोली, "तोमार नाम?"

"तृषा!" यह सुनते ही मेरी स्थिति ऐसी हो गयी, जैसे भरी दोपहर में मेरा ख़ज़ाना लुट गया हो।

घर लौटते ही जब मैंने अपने से आठ वर्ष बड़े भाई को यह बात बताई, तो वे बोले, "अरे मूर्खाधिराज! जिन्होंने उसे गोद लिया है, उन्होंने ही उसका यह नया नामकरण किया होगा। तुम कल उसके पिता जी का नाम और काम पूछ कर आना, फिर देखेंगे।"

इस पूरी दुनिया में एकमात्र मेरे ये भाई ही ऐसे थे, जो हम बच्चों की सारी बातों को पूरे मनोयोग से सुनकर, हमें रास्ता सुझाया करते थे। बाज़ी के बड़े?... वे! पूरी कहानी तो दूर, एक शब्द सुनते ही! भागो यहाँ से और जाकर पढ़ो' ब्रह्मास्त्र का प्रयोग कर हमें दफ़ा कर दिया करते थे। खैर, भाई की बातों से आशान्वित होकर, मैं गहरी नींद में सो गयी।

सारी रात सुनहरे सपने देखने के बाद, जब मैं सुबह उठी, तो चहकता मन, चिड़िया की तरह ऊँचे आकाश में उड़कर अपने गन्तव्य तक पहुँचना चाहता था। उस दिन जीवन में पहली बार मैंने ख़ुद को समय से पहले स्कूल बस के अड्डे पर खड़ा पाया। ड्राइवर मुझे आश्चर्य से घूरे जा रहा था कि दसियों हॉर्न मारने के बाद भी, दौड़ती-भागती-सी आनेवाली यह मंजुल! आज यहाँ अभी से कैसे?

बहरहाल बस जब यथास्थान पहुँचकर तृषा के लिए रुकी, तो मेरे हाथों के रोम 'सिर्र-सिर्र' करने लगे। पर यह क्या? वहाँ तृषा जी नदारद थीं। उस समय मेरी बदहाली उस किसान जैसी थी जिसकी भरी फसल को पाला मार गया हो। दूसरे दिन ड्राइवर जी की मिन्नत करने पर उन्होंने बताया, "तृषा के पिता किसी बड़े पद पर दिल्ली चले गये हैं।" यह सुनते ही मैं ऊपर बैठे उस दुष्ट भगवान को यह उलाहना देते हुए धुआँधार कोसने लगी कि "क्या तुम उन्हें एक दिन बाद बाहर नहीं भेज सकते थे?"

पृथ्वी अपनी धुरी पर घूमती जा रही थी! उत्तरायण-दक्षिणायन घट रहे थे! सूरज, चाँद भी उग-डूब रहे थे! ऋतुएँ भी आ-जा रही थीं! पर मेरे जीवन में मोहिनी उर्फ़ तृषा रूपी चाँद को शाश्वत ग्रहण लग गया था। क्रमशः इस होनी को स्वीकार कर मैंने भी उसे अपने स्मृति-आकाश से विदा कर दिया।

एक लम्बे अर्से के बाद मैं एक दिन बी.ए. का परीक्षा प्रवेश पत्र लाने के लिए उसी बस से कॉलेज जा रही थी कि बारहवीं कक्षा की एक नई लड़की बस में घुसी। बारहवीं कक्षा में प्रवेश पाना तो असम्भव-सा है, सोचकर मैं उस लड़की को ग़ौर से देखने लगी। न जाने क्यों मुझे लगा कि हो न हो यह 'वही लड़की' है! पर तभी कॉलेज आ गया और समयाभाव एवं परीक्षा के तनाव के कारण मैंने न तो उससे कोई बात की और न ही किसी से कोई पूछताछ की।

परीक्षा के बाद तहक़ीकात करने पर पता चला कि वह बोर्ड परीक्षा की तैयारी में ज़ोरों से जुटी हुई है, इसलिए विशेष कक्षाओं में भी नहीं आती। परिचय का धागा फिर से पतला होकर टूटने ही वाला था कि मैंने बतौर अन्तिम चेष्टा अपने ड्राइवर जी की शरण ली। चूँकि मैं बचपन से ही उनको जानती थी, इसलिए अपनी उतावली छिपाए बिना ही मैंने उनसे साफ़-साफ़ पूछ लिया, "रामचन्दर जी! क्या यह लड़की पहले भी इस स्कूल में आई थी?"

"अरे हाँ बचवा! ए ऊही जज साहब वाली बिटिया है। बड़ा ही भला बच्चा है। जब बोलत है तो लागत है, जानो कोयलिया कूकत है।"

इतने-से मालूमात से मेरे सारे मोहरे अपने खाँचों में फिट बैठ रहे थे, पर उनकी पुष्टि का कोई उपाय नज़र नहीं आ रहा था। अन्त में मैंने अपनी उत्सुकता को भविष्य के हवालेकर स्वयं को समझा लिया था कि मेरी इतनी बड़ी दुनिया में इस

लड़की की ऐसी क्या वक़्त है, जो मैं हर वक़्त उसकी याद से आविष्ट रहती हूँ?

धीरे-धीरे समय की थपकियों से अपने अन्तर्मन को समझा-धमका कर, मैंने स्वयं को उसके सम्मोहन से पूरी तरह मुक्त कर लिया था कि लगभग तीन दशक बाद वही स्थिति फिर आँखों के सामने आ खड़ी हुई, और भविष्य की ताक में रखा हुआ जिज्ञासाओं का पिटारा 'खुलूँ-खुलूँ' करने लगा। लेकिन समय की नज़ाकत और अनन्या के स्वाभिमान की रक्षा करते हुए मैंने सबसे पहले उसके फॉर्म को ठीक से पढ़ा। उस फॉर्म पर पिता का नाम श्री तरुण कान्ति घोष और संरक्षक का नाम श्री श्यामल सेन लिखा हुआ था। मन हुआ कि पूछूँ, ''क्या ये भूतपूर्व मुख्य न्यायाधीश श्यामल सेन हैं?'' पर मारे संकोच के जीभ जो अटकी, सो अटकी ही रही। परिचय पत्र में माँ का नाम पूछा नहीं जाता! तो अब? हालाँकि 'ढाक के वही तीन पात' कहावत मेरे चरित्र के बिल्कुल विपरीत है, पर अपनी उम्र और प्रतिष्ठा के कारण मैं अपनी इस विकलता को ज़ाहिर भी नहीं कर सकती थी। इसलिए देखते हैं! सोचकर, महाज़िद्दी मैं! गहराई से उससे सम्बन्धित सारे तथ्यों को बटोरने में लग गयी।

सर्वप्रथम मैंने अपने तथ्य-शोध को एक ख़ूबसूरत-सा अन्दाज़ देते हुए, अनन्या से कहा, ''अनन्या, तुम्हारा कुलीन व्यवहार, विनम्रता, शीलमय तेज, अप्रतिम मेधा आदि को देखकर लगता है कि तुम्हारी माँ अत्यन्त ही गुणवती और संस्कारशीला महिला होंगी?''

''मैम! इस प्रशंसा के लिए धन्यवाद। पर मेरे जन्म से आज तक मेरी देख-रेख ही नहीं, मेरी हर साँस की निगरानी तक मेरे नाना जी ने ही की है, इसीलिए मैं उन्हें नाना नहीं 'बाबा' कह कर बुलाती हूँ। पता नहीं मैं अपने जीवन में कुछ बन पाऊँगी या नहीं, पर यदि मुझमें रंचमात्र भी अच्छाई है, तो उसका सारा श्रेय उन्हीं को है।''

''और तुम्हारे पिता? वे कौन-से काम में इतने व्यस्त रहते हैं, जो उन्हें तुम जैसी प्यारी बेटी के लिए भी समय नहीं रहता?''

''मैम, पापा बहुत ही भले और मेहनती वकील हैं। मुझे पूरा तो नहीं पता, पर सुना है कि वे कम उम्र से ही बाबा को अपना 'फ्रेंड, फ़िलॉसफ़र एंड गाइड' मानते हैं। बाबा ने माँ का विवाह उनसे करने के बाद, उन दोनों को ही अपना वारिस घोषित कर दिया है।''

अनन्या के इन जवाबों ने मेरी चिर अतृप्त जिज्ञासा, मेरी उद्विग्नता, मेरी उत्सुकता; सबमें ज्वार ला दिया और एक प्रश्न बार-बार मेरे कंठ में आ कर अटकने लगा, ''अनन्या! तुम्हारी माँ का नाम क्या है? क्या वे तुम्हारे नाना की दत्तक पुत्री हैं?''

हालाँकि यह कोई बुरा प्रश्न नहीं था, न ही इसमें किसी लांछन की गन्ध थी!

पर भरोसा मुझे अपने ही ईमान पर नहीं था। इस बिना हाड़ की जीभ का क्या ठिकाना! यदि यह कभी किसी कमज़ोर क्षण में अनन्या को उसके अन्धकार भरे अतीत का परिचय दे बैठी, तो क्या यह दीपशिखा-सी सौम्य जीवात्मा आहत होकर बुझ नहीं जाएगी? इसलिए मैंने उसी क्षण दृढ़ता से यह संकल्प लिया कि मैं कभी भी इस 'सौभाग्यशाली अभागी' लड़की अनन्या से उसके अतीत के बारे में कुछ नहीं पूछूँगी।

"मैम, आप क्या सोच रही हैं? सच मानिए! आपके ये व्यक्ति गत प्रश्न मुझे बहुत ही अच्छे लग रहे हैं, क्योंकि आज के युग में किसी के भी पास, किसी और के लिए, थोड़ा-सा भी समय कहाँ है? और आप तो! इस ऑफिस की उच्चस्थ!..." मैंने प्रार्थना मुद्रा में अनन्या की ओर देखते हुए, वाक्य पूरा करने से पहले ही उसे हाथ के इशारे से रोक दिया। पर मेरा रोकना उसके भावों को कैसे रोकता! अब तक तो वह बंगाली परम्परा के अनुसार मेरे दोनों पैरों को अपने दोनों हाथों से छूकर उनकी धूल अपने सिर पर लगा चुकी थी। आदतन उसे 'शुखी थेको!' (सुखी रहो) का आशीर्वाद देते हुए, मैंने अपने अन्तर्यामी से याचना की, 'हे प्रभु! तुम सर्वदा इस बच्ची पर अपनी कृपा बनाए रखना। हे परमपिता! तुम पर इस लड़की के अतीत के असीम दुखों का ऋण है, जिसे चुकाना तुम्हारी नियति है, क्योंकि तुम्हीं ने हम धरती-पुत्रों को असंख्य उदाहरण देकर यह समझाया है कि तुम किसी का भी ऋण बाक़ी नहीं रखते। चाहे उसके लिए तुम्हें 'बहेलिया' का बाण ही क्यों ना खाना पड़े।"

यह तो भगवान ही जाने कि उसने मेरी अर्जी मंजूर की या नहीं! पर अनन्या ने एक दिन अत्यन्त संकोच से, मुझे अपने यहाँ चाय पर आमन्त्रित किया। किसी भी दफ़्तरी निमन्त्रण के लिए मेरी 'ना' सर्वविदित थी, पर इस घड़ी के लिए सदियों से प्रतीक्षारत मैं अनायास प्राप्त इस 'सौभाग्य' को कैसे ठुकरा सकती थी?...

मखमली हरियाली से घिरे एक बड़े बँगले के बाहर जब मैंने अनन्या को! बड़ी बहन-सी लगती उसकी हू-ब-हू कार्बन कॉपी माँ के साथ मेरा इन्तज़ार करते देखा तो प्रेम और श्रद्धा का ऐसा अनकहा इज़हार देखकर मन गद्गद हो गया। आश्चर्यजनक है यह तथ्य कि मैं उसकी माँ को देखकर बिलकुल नहीं चौंकी, बल्कि अपने अन्देशे को सही होते देख, विशेष आह्लाद और ममता से भर गयी।

अन्दर प्रवेश करते ही एक बड़े-से खानदानी बैठक-कमरे में सर्वप्रथम मेरा ध्यान हार चढ़ी हुई एक बड़ी-सी तस्वीर की ओर गया, जिसे देखकर मैं स्तब्ध रह गयी! ख़ूब जाना-पहचाना चेहरा! लेकिन उस पर शालीन सभ्यता की ऐसी पॉलिश कि अपनी याददाश्त को अकुंठित माननेवाली, 'मैं घमंडी' पहली बार उस पर से अपना भरोसा खो बैठी।

इतने में ही, मेरी स्थिर अटकी नज़रें देखकर अनन्या बोल पड़ी, "मैम! ये

मेरी सगी नानी जी हैं। बाबा ने जब माँ को गोद लिया था, उसी वक़्त उन्होंने नानी जी को भी कुछ दिनों के लिए एक मानसिक चिकित्सालय में भर्ती करवा दिया था। मुझे तो याद नहीं है,परन्तु माँ बताती है कि मैं उन्हें बहुत प्रिय थी। मेरा दुर्भाग्य है कि मेरे जन्म के दो वर्ष बाद ही उनका निधन हो गया। बाबा आज भी उनकी पुण्यतिथि पर बड़ा दान करते हैं।''

एक 'असम्भव' को 'सम्भव' होता देख मैं भौंचक और निर्वाक थी!... कि तभी मुझे बड़े प्रवेश-द्वार के बीचों-बीच बुद्ध की करुणा अपने में समेटे हुए, ईसा मसीह की एक दिव्य और भव्य आकृति खड़ी दिखी। वह मूर्ति न केवल सुदर्शन व्यक्तित्व की धनी थी, वरन उसमें से सज्जनता और शिष्टता का सागर भी उमड़ा पड़ रहा था।

आर्ष सूक्ति है कि हम अतीत को सुधार नहीं सकते, लेकिन इस मृत्तिका से बने मुफ़स्समे ने न केवल अनन्या का अतीत सुधारा था, बल्कि उस पर लगे लांछन के दागों को भी चन्दन के टीकों में बदल दिया था। साथ ही उन्होंने अपने कृतित्व से अनन्या जैसी सुसांस्कृतिक और चरित्रवान लड़की गढ़ कर सबको यह पूर्वाभास भी करवा दिया था कि वे भविष्य में पृथ्वी पर आने वाली उसकी सन्तानों के लिए भी प्रतिशुत हैं।

उनके अलौकिक नूर ने वहाँ के सम्पूर्ण वातावरण को पवित्रता से भर दिया था और उनकी स्नेहिल स्मित मुस्कान से मन्त्रमुग्ध इस काया को यह भान तक न हुआ कि भगवान सहित किन्हीं भी चरणों में झुकने में अक्षम मैं! कब सम्मोहित-सी, अजाने ही उन पैरों पर झुक गयी थी; उस स्थिर क्षण में मुझमें ऐसा स्फुरण हुआ मानो साक्षात भगवान भी उस मनुष्य-देहधारी व्यक्ति का स्थान ग्रहण करने के लिए तरस रहे हैं!*

उड़ान पिंजरे के परिन्दे की

ढेरों-ढेर उपक्रमों को सात तल्लों के दो भवनों में समेटे हुए 'महिला परिषद' के इस एन.जी.ओ. में सुबह से शाम तक चारों ओर 'मिसेज बाजोरिया! मिसेज बाजोरिया!' की गुहार मची रहती है। यह पुकार चाहे नि:शुल्क हिन्दी माध्यम के विद्यार्थियों की हो, या न्यूनतम फ़ीस पर पढ़ने वाले अँग्रेजी माध्यम के छात्रों की, या कि 'मिड-डे मिल' की रमाबाई की, या 'लैब संचालिका' मिसेज आहूजा की; इन आवाज़ों को सुनकर लगता मानो सबकी परेशानियों का एकमात्र जवाब मिसेज बाजोरिया ही हैं। यह दृश्य देख-सुनकर मेरी समझ में आ गया था कि इस संस्था की जिन उपलब्धियों से प्रभावित होकर मैं यहाँ काम करने आई थी, उन सबके पीछे सिर्फ़ एक ही व्यक्ति है— सुधा बाजोरिया। लेकिन जब मैं उससे पहली बार मिली, तो उसके गोल-मटोल शरीर, भोली हँसी और सादे पहनावे के कारण, वह मुझे एकदम औसत महिला लगी। उसे देखकर उसके गुणों का अन्दाज़ लगाना तो दूर, बताने पर भी विश्वास नहीं होता था कि वह इस क़दर ज़हीन और कमेरी है।

फिर भी, पता नहीं क्यों! परिषद में काम करते वक़्त मेरी आँखें घूम-फिर कर सुधा पर ही जा टिकतीं और उसे ग़ौर से देखती हुई मैं इस बात पर दंग होती रहती कि कैसे वह अपने नाटे-भारी शरीर को तेज़ी से उठाती हुई, इधर-उधर दौड़ाती रहती है। जिस तरह वह अपने दोनों हाथों को तेज़ रफ़्तार देकर चतुर्भुज की तरह ढेरों कामों को पलक झपकाते सलटा देती थी, वह नाक़ाबिले यक़ीन था। सच कहूँ तो उसके हुनरों की मुरीद होने के बावजूद मैं उससे मन ही मन यह सोचकर रश्क़ भी करती थी कि आख़िर यह साधारण-सी औरत इतना सब कैसे कर लेती है? अन्त में मैंने ख़ुद को यह दिलासा देकर सन्तोष किया कि हो न हो, इसके घर में नौकरों की पलटन और दरवाज़े पर गाड़ियों की क़तार होगी। बच्चे विदेश में पढ़ते होंगे। और पतिदेव व्यापारिक दौरों पर पूरे विश्व का भ्रमण करते रहते होंगे; इसीलिए यह देवी सुबह से रात तक परिषद में रहकर मन लगाने के साथ-साथ अपनी प्रसिद्धि का पोटला भी बढ़ाती रहती हैं। 'आम के आम गुठली के दाम' की तरह ही इनका समय

भी यहाँ कट जाता है और दुनिया इन्हें 'फाऊ' में ही 'छोटी मदर टेरेसा' पुकारने लगती है।

कौतूहलवश मैंने परिषद की संस्थापक अध्यक्षा कमलाबेन से सुधा की बाबत चर्चा की। इसके पहले कि मैं उन्हें अपने अनुमानों से अवगत कराती, उसका नाम लेते ही वे बेसाफ़्ता कहने लगीं, "सच कह रही हैं आप! सुधा अद्वितीय है। वह इस संस्था में अट्ठाईस वर्षों से संयुक्त मन्त्री है, पर आज तक उसने न तो कभी किसी की शिकायत की और न ही कोई फरमाइश। यहाँ तक कि हम लोगों ने जब भी उसे मन्त्री और अध्यक्ष बनाना चाहा, उसने हर बार यह कहकर 'ना' कर दी कि उसके पति को 'पद लोभ' से घृणा है।"

कमलाबेन के इस उत्तर से मुझे संतुष्टि कैसे होती? मैं तो सुधा की आलोचना सुनना चाहती थी, प्रशंसा नहीं। इसलिए थोड़ी देर बाद मैंने सुधा की पीठ पर मुँह बिचकाती हुई पद्मा को जा घेरा और उससे एक सीधा प्रश्न पूछा, "पद्मा जी! क्या मिसेज बाजोरिया सचमुच ही साधु हैं या साधु-सा सजती हैं? मुझे तो लगता है जैसे ज़्यादा झाग भरे गिलास में दूध कम रहता है, वही हाल इनका भी है। ठीक कह रही हूँ ना?" मेरे अनुमान के विपरीत पद्मा जी के फेंककर दिए गये जवाब ने मुझे आकाश से धरती नहीं, रसातल में ले जा पटका, फज़ीहत हुई सो अलग। उन्होंने मुझे ऊपर से नीचे तक घूरते हुए कहा, "क्या आपका दिमाग़ ख़राब है, जो आपने सुधा पर साधु सजने की तोहमत लगाई? वह तो देवी है, देवी! और वह भी जगद्धात्री। लेना राई-रत्ती नहीं और दे डालना सब कुछ! बस यही अजपा जाप प्रतिपल उसकी साँसों में चलता रहता है। आप ही देख लीजिए, सुबह से शाम तक यहाँ भाड़ झोंकती रहती है, पर क्या मजाल, जो पानी छोड़कर यहाँ की चाय भी पी ले। कहती है, 'संस्था बेटी समान होती है, उसके घर का कैसे खाऊँ?' वह अपना टिफ़िन साथ लाती है और जाते वक़्त बस स्टॉप पर चाय पी लेती है। एक मिनट पहले की ही बात है, मैंने उससे अनुरोध किया कि वह मेरे साथ चाय पी ले, तो 'नट कर धरी' गयी। उस वक़्त तो मुझे उस पर बहुत ग़ुस्सा आया, पर मुझे पता है कि यह उसका अहंकार नहीं, उसका स्वाभिमानी कवच है। जब हम घर जाते वक़्त उसे अपने साथ गाड़ी में ले जाना चाहते हैं, तो वह बहुत ही विनम्रता से बाई! बहन जी! बेन जी! आदि कहते हुए हमें मना कर देती है। उसके इन सिद्धान्तों ने उसके चारों ओर एक ऐसा आभा-मंडल रच दिया है जिसकी निर्मल उजास से उसका पूरा व्यक्तित्व दमकता रहता है। कंचन जी! आपने ध्यान दिया कि देखने में अति साधारण होने के बावजूद उसमें, सबको अपनी ओर खींचता-सा एक गहन आकर्षण है। यह और कुछ नहीं, उसकी भलमनसाहत, ईमानदारी, सेवा, त्याग और करुणा की ही मूर्तिमन्त अभिव्यक्ति है।"

महाभारत गाथा की तरह पद्मा का सुधापुराण चलता ही जा रहा था, पर मुझ-सी तार्किक और अविश्वासी आत्मा का मन उसमें कैसे रमता? इसलिए इस राँग नम्बर की लाइन को छोड़, मैंने सोचा, क्यों न मैं सीधे सुधा से ही बात करके, अपने मन की 'झाँक' मिटा लूँ। दरअसल मैं स्वयं को परम विदुषी, सर्वगुण सम्पन्न एवं अतुलनीय मानती थी, इसलिए इस नाक़ाबिले-ग़ौर महिला का ऐसा गुणगान मुझसे बर्दाश्त नहीं हो रहा था, पर मुझे क्या पता था कि उसका व्यक्तित्व एक ऐसा आईना होगा जिसमें झाँकते ही मेरा दम्भ किर्च-किर्च हो जाएगा।

तेज़ी से बाईं तरफ़ की सीढ़ी उतरती सुधा को मैंने हाँफते हुए जा पकड़ा और जैसे ही उसकी ओर बड़ी, वह केवल रुक ही नहीं गयी, बल्कि उसने आगे बढ़कर मुझे यों गले लगा लिया, जैसे हम इस जन्म की नहीं, मनन्वन्तरों की बिछड़ी सहेलियाँ हों। इस आलिंगन में शहद के लबालब भरे छत्ते-सा ममत्व टपक रहा था। उसके इस अप्रत्याशित व्यवहार से मैं इस क़दर चौंकी कि कुछ क्षणों तक पत्थर की मूरत-सी उसे टकटकी बाँधे देखती ही रह गयी। शायद उस वक़्त मेरी पलकें भी नहीं झपक रही थीं, क्योंकि सुधा ने मसखरी के स्वर में कहा, "कंचन जी! क्या आपने कोई भूत देख लिया है?" उसकी इस उक्ति से मुझे ख़ासी शर्मिन्दगी महसूस हुई और उस पर लीपापोती करने के लिए मेरे मुँह से बरबस निकल गया, "सुधा! यह तो तुम्हारी शख़्सियत का कमाल है।" कहते ही मुझे लग गया था कि मेरे कहने में या तो कुछ तंज़ था या मैं कुछ ज़्यादा ही बोल गयी थी, पर इन सब क्षुद्रताओं से बेख़बर सुधा ने एकदम सहजता से उत्तर दिया, "यह आपका बड़प्पन और मेरे प्रति विशेष प्रेम है, कंचन जी! वरना सच पूछें, तो कहाँ आप और कहाँ मैं। आपके व्यक्तित्व और कृतित्व के सामने मेरी हैसियत ही क्या है?"

उसके ये उद्‌गार दुनियावी ढोंग से परे, एकदम सच्चे मन से कहे गये थे और उनमें किसी भी प्रकार का कोई लोकाचार या दिखावा नहीं था। उस उदारमना के इस वक़्तव्य ने मुझे निर्वाक कर दिया और मैं सोचने लगी कि मैं नहीं! सुधा ही असली ज्ञानी है, जिसने 'विद्या ददाति विनयम्' को सिद्ध कर लिया है।

एक दिन दोपहर को जब सब कार्यकर्त्ता महिलाएँ अपने-अपने टिफ़िन से खाना लेकर एक-दूसरी की मनुहार करती हुई हँस-बोल रही थीं, तब अचानक मुझे एहसास हुआ कि सुधा वहाँ नहीं थी। उसकी अनुपस्थिति के बारे में पूछने पर प्रभा ने बताया, "चूँकि वह डायटिंग करती है, इसलिए दोपहर का खाना नहीं खाती है।"

"पर वह है कहाँ" का उत्तर मिला, "शायद वज़न घटाने के लिए बगल वाले पार्क में चक्कर काट रही होगी।" यह सुनते ही जब मैं तेज़ी से पार्क के पास पहुँची तो मैंने सुधा को पार्क के अन्दर जाते देखा। मैंने कुछ दूरी से पेड़ की ओट से देखा कि सुधा एक काठ की बेंच पर बैठ कर, एक छोटे-से पैकेट से सैंडविच

निकालकर खा रही है। मुझे देखकर वह कुछ झिझकी, फिर बोली, ''माफ़ कीजिएगा! और सैंडविच न होने के कारण अभद्रता के बावजूद मैं अकेली ही खा रही हूँ।''

जब मैंने पूछा, ''सुधा! क्या एक सैंडविच इतने बड़े शरीर के लिए काफी है? तुम भी औरों की तरह अपना टिफ़िन साथ क्यों नहीं लाती?'' का जवाब सुधा ने विवशता-भरे स्वर में यह दिया, ''कंचन जी! बच्चों और पति का नाश्ता और टिफ़िन आदि बनाते-बनाते घड़ी भाग छूटती है! इसलिए मैं कटी ब्रेड में खीरे-टमाटर के कुछ टुकड़े रखकर ले आती हूँ। वैसे भी ख़ुद के लिए किससे ज़हमत होती है?'' अर्थात् इसके यहाँ नौकर भी नहीं है। बावजूद संकोच के मैंने अन्ततः उससे पूछ ही लिया, ''सुधा! तुम्हारा फ्लैट तो यहाँ के क़ीमती फ्लैटों में से एक है, फिर तुम्हारे यहाँ रुपये-पैसे की इतनी किल्लत क्यों रहती है?''

सुधा का उत्तर था, ''पहली बात तो यह कि यह फ्लैट पहले का ख़रीदा हुआ है, और दूसरी यह कि उन्हें पसन्द नहीं है कि मैं नौकर-चाकर रखकर, 'आलस की गठरी' बन जाऊँ। बस यही वजह है कि नौकर नाम के आदमज़ाद का, हमारे यहाँ कोई ठौर-ठिकाना नहीं है।''

लोकोक्ति है कि 'नापसन्दगी से उपजा प्रेम प्रगाढ़ होता है', शायद इसीलिए मैं भी सुधा को ज़रूरत से ज़्यादा चाहने लगी और पूरी तरह उसकी भक्त हो गयी।

सुधा के बेहद सुन्दर और अत्यन्त मेधावी बच्चों से मैं मिल चुकी थी। उनसे बातचीत कर मुझे यह भी पता चल गया था कि उन दोनों ने ही अपनी अधिकतर पढ़ाई छात्रवृत्ति के बल पर की है।

जब मैंने सुधा के सामने उनकी ख़ूबसूरती और मेधा की बढ़ाई की, तो सुधा ने अभिमान से कहा, ''ये लोग अपने पिता पर हैं, इसलिए ऐसे हैं। अच्छा हुआ जो ये मुझ पर नहीं हुए।''

मैंने हैरानगी और ग़ुस्से से सुधा को कहा, ''बको मत! तुम्हारा हृदय और कर्म ऐसे खरे सोने-से हैं, जिनके सामने सारी दुनिया की चमक फ़ीकी है।''

लेकिन सुधा में मेरे अति मोह ने मुझे एक बड़ी मुसीबत में फँसा दिया। अनजाने ही मैं उसकी धर्ममाता बन बैठी और उसके गरीब आते सारे हाथों को सन्दिग्ध दृष्टि से जाँचने-परखने लगी। आश्चर्य की बात है कि इन हाथों में मुझे सुधा के पति के हाथ भी नज़र आते थे; सुधा का तीस वर्षों से ज्वायंट सेक्रेटरी पद पर मात्र इसलिए बने रहना कि उसके पति को 'पद लोभ' से घृणा थी और एम.ए. के रिजल्ट वाले दिन औरों की खुशी पर सुधा की कल्पनातीत प्रतिक्रिया मेरी आँखों के आगे अड़ कर खड़ी रहती थी, ''मुझे अच्छी तरह याद है, महिला परिषद की प्रमुख मिसेज शीरीन चोकसी का उसे पुकारते हुए वहाँ आकर कहना, ''शुद्धा बेन! यूनिवर्सिटी थी हमणा खबर आवी छे के, एम.ए. मा तमारा फ़सल्ट क्लास आव्या

छै। अने आपणे स्कॉलरशिप पण मलेशे'' और रुक्मिणी मौसी का यह वाक्य, ''सुधा बाई! मन करै है कि थोरै ऊपर सारी दुनियाँ वार देऊँ'' साथ ही रेणुका चक्रवर्ती के ये शब्द, ''ओरे बाबा आमार तो कंठ अवरुद्ध होच्छे, जानेन! आपनी फसल्टक्लास पेए छेन?'' आदि प्रफुल्ल उक्तियों के बीच सुधा का उदासीनता से सिर झुकाए बैठे रहना, और फिर हाथ जोड़कर यह निवेदन करना कि, कृपा कर आप सब इस ख़बर को भी मेरे पति से उसी तरह गुप्त रखें जैसे आज तक मेरी सारी सफलताओं की सूचनाओं को रखती आई हैं। क्योंकि आप लोगों को तो पता ही है कि मेरे पति किसी भी डिग्री और पद को उपलब्धि नहीं, अभिशाप मानते हैं। आशा है आप सब मेरी स्थिति समझकर हमेशा की तरह मेरा साथ देंगी।''

कहकर उसने अपने मुँह और कपड़ों को ऐसे झाड़ा मानो जीवन की सारी बुराई को परे खिसका कर वह फिर से साफ़-पाक़ सुधा बन गयी हो! तत्क्षण ही वह एकदम तटस्थता से मेरी ओर मुड़कर बोली, ''चलिए कंचन जी! थोड़ा-सा साइंस लैब का काम देख लें।'' सुधा को इतनी बडी ख़ुशख़बरी! बिना किसी उत्साह के स्वीकारते देखकर मैं हैरान थी, और उसके पति के प्रति मेरा सन्देह बढ़ता जा रहा था।

सुधा के बारे में तफ़तीश करने पर पता चला कि अधूरी बी.ए. सुधा ने। बी.ए. और बी.टी. प्रायवेट करने के बाद एम.ए. की प्रायवेट परीक्षा भी दे दी थी। सुधा को इस गहन पढ़ाई के लिए समय कैसे मिला? पूछने पर पता चला कि बस और ट्रेन के अलावा, देर रात और जल्दी सुबह के ताने-बानों में उसने अपनी पढ़ाई की पूरी चदरिया बीन ली थी।

मैंने मन ही मन सुधा को 'सैल्यूट' किया। लेकिन उसने अपने पति के बारे में जो महान बातें कहीं थीं, पता नहीं क्यों! मुझे उन पर ज़रा भी विश्वास नहीं हो रहा था। इसलिए एक रविवार को यह पता चलने पर कि सुधा का पति शहर में ही है, मैं उसके घर जा पहुँची।

पहले तो मेरे उस असूचित आगमन से! सुधा ख़ुश होने के बजाय घबराकर 'ऊक-चूक' हो गयी। बाद में स्थिति सँभालने की ग़रज़ से उसने मुझे औपचारिक-सा नमस्कार किया और अपने पति से बोली, ''जी, ये कंचन जी हैं।'' यह सुनते ही वह छह फुटिया गोरा-चिट्टा पुरुष अशोक मेरी ओर मुड़ा और अत्यधिक विनयी स्वर में बोला, ''इन्हें कौन नहीं जानता? इनके बारे में तो अकसर ही अख़बारों और पत्रिकाओं में छपता रहता है।''

पता नहीं उसके मन में मेरे लिए क्या भाव था, पर उसके व्यवहार और शक्ल पर तो विनम्रता और मिठास का सात परतों वाला मुलम्मा चढ़ा हुआ था।

मेरी तीखी नज़र से सुधा के घर का अन्दरूनी हाल छिपा नहीं रहा और उस

'बिन मालिक के घर' जैसे वातावरण ने मुझे एक रहस्यमय गन्ध से भर दिया।

अशोक का अतिशय मृदुल व्यवहार मुझे बांग्ला मुहावरे 'अति भक्ति चोर का लक्षण' की याद दिला रहा था और मुझे उसकी हर क्रिया में सुधा के स्वभाव के एकदम विपरीत बेईमानी ही बेईमानी नज़र आ रही थी। अन्तर्मन में ये प्रश्न लगातार उठ रहे थे कि आख़िर अशोक सुधा को कोई पद क्यों नहीं लेने देता? क्यों वह उसकी डिग्रियों और नाम के सख़्त ख़िलाफ़ है?

अजाने ही 'इसका क्या कारण है' की माला चौबीसों घंटे मेरे दिमाग़ में फिरने लगी और इस प्रश्न ने मुझे बेहद बेचैन कर दिया। जब मुझे किसी भी तरह शान्ति नहीं मिली तो मैंने अपने मित्र पाठक जी को सारी बातें बताते हुए अनुरोध किया कि वे इसकी तह में जाकर सच्चाई का पता लगाएँ।

पाठक जी ने एक जासूस की तरह गहराई से खोज-बीन करवाकर जो बताया वह यह था, "अशोक को छोटी उम्र से ही इश्क़ बाज़ी का चस्का था, जो बढ़ती उम्र के साथ सामन्तवादी ऐय्याशी में बदल गया। पता यह भी चला कि उसकी कामुकता की कोई इन्तिहा नहीं थी। एक बार वह घर की कमसिन नौकरानी सक्कू बाई के साथ रँगे हाथ पकड़ा भी गया था, परन्तु उसने भोली सुधा को बातों के मल्हारे देकर पटा लिया और वापस सुर्ख़ुरू होकर, मनमाना जीवन जीने लगी।

पाठक जी ने मुझे इसके अलावा भी एक नहीं, दो चौंकाने वाली ख़बरें दीं, एक तो यह कि अशोक के दौरे व्यापार के लिए नहीं, बल्कि एक ख़ूबसूरत तमाशा नर्तकी मालिनी के पास जाने के होते हैं। उस चतुर-सुजान अशोक का एकमात्र व्यवसाय तो बुज़ुर्गों की जमा की हुई बड़ी पूँजी का ब्याज भर उपजाना मात्र है, जिसके लिए उसे शहर से बाहर क्या, घर से भी हिलने की ज़रूरत नहीं है। पता यह भी चला कि उसने मालिनी से शादी कर ली है और उससे उसे एक बच्चा भी है, जो एक अच्छे बोर्डिंग स्कूल में पढ़ता है।

दूसरी ख़बर यह थी कि अशोक ने सक्कू बाई पर चरित्रहीनता का आरोप लगा कर उसे घर से निकालने और उसकी खोली को पाँच सितारा सुविधाओं से लैस करने के बाद सक्कू बाई को अपनी रक्षिता की तरह रख लिया है। सक्कू बाई को उसकी शौक़ीन रंगीनमिज़ाजियों का अच्छी तरह पता है, पर उसे इन सब बातों से कोई फ़र्क नहीं पडता। विभिन्न घरों में झाड़ू-बुहारी करते हुए, उसका पाला रोज़ ही दुष्ट पुरुषों से पड़ता था, इसलिए उस स्थिति के अब वह मात्र एक ही पुरुष की भोग्या थी और मौज से अपना जीवन यापन कर रही थी।

ये सारी सूचनाएँ अविश्वसनीय होते हुए भी साक्ष्यों की रोशनी में सत्यापित थीं। इन जानकारियों से साक्षात्कार होते ही मुझे अपने प्रश्नों के उत्तर मिल गये कि अशोक सुधा को कोई पद क्यों नहीं लेने देता, क्यों वह नहीं चाहता कि सुधा पढ़-

लिखकर आगे बढ़े। इसलिए वह सुधा के 'कमरूप' को अपना औज़ार बना कर, किसी न किसी बहाने से उस पर आक्रमण करता रहता है, सुधा के मन में उसकी ईमानदारी के प्रति कोई सन्देह नहीं उपजे, वह चौबीसों घंटे इस बात की चौकसी करता रहता है कि सुधा का नाम या फ़ोटो कहीं किसी अख़बार या पत्रिका में न छप जाए। उसके ये ढोंग कि, 'समाजसेवक को पद का लोभ क्यों होना चाहिए? डिग्री बेकार की चीज़ है' आदि इसलिए हैं कि यदि सुधा की शोहरत की कोई छोटी-सी चिरकुट भी मालिनी तक पहुँच गयी तो उसका मरण दिन आ जाएगा। मालिनी कोई सुधा तो थी नहीं कि उसे बहानों से टाला जा सकता, वह तो घाट-घाट का पानी पी हुई एक नाचने वाली थी, जिसने सुखी गृहस्थी के लिए ही, भरी जवानी में, धन की तिज़ोरी को ठोकर मार कर अपने जीवन की दिशा बदली थी।

इन सारे सुबूतों के बावजूद मेरी यह हिम्मत नहीं हो रही थी कि मैं सुधा के सामने अशोक की बदग़ुमानियों का पर्दाफ़ाश करूँ, क्योंकि मुझे डर था कि इससे सुधा के जीवन पर जैसा भयंकर वज्रपात होगा उसे वह नन्ही-सी जान झेल नहीं पाएगी। मुझमें इतनी हिम्मत नहीं थी कि मैं अकेले यह जोख़िम उठा पाती, इसलिए मैंने सोच-समझकर सुधा के दोनों बच्चों को अपना साझीदार बनाया और हम लोगों ने सुधा से सारी हक़ीक़त बयाँ कर दी।

जैसा कि 'धारा' हुआ था, अशोक की कीर्ति-गाथा सुनते ही सुधा वहीं धम्म से ज़मीन पर बैठ गयी! घुटनों में घुसा उसका सिर पागलों की तरह इधर से उधर हो रहा था और हम तीनों सब्र किए हुए उसे हलका होने का अवकाश दे रहे थे।

बाद में, अशोक के लिए सुधा की सारी माफ़ियों को नकारते हुए, हम लोगों ने पहले तो अशोक से रू-ब-रू बात करने की कोशिश की, पर जब वह हेकड़ी से भरा हुआ, उलटे-सीधे जवाब पकड़ाता रहा, तब उसके बेटा-बेटी भी उससे चिढ़ गये और उन्होंने उसे पूरी तरह छोड़ने का निर्णय कर लिया।

सारी घटनाओं के मद्‌देनज़र हमने सबसे पहले का वकील एक नोटिस अशोक को भिजबाया, जिसे शायद उसने फाड़ फेंका होगा, क्योंकि उसका कोई भी उत्तर या फोन नहीं आया। जब बतौर आगे की कार्रवाई के लिए हमने उसे पुलिस के हाथों सम्मन भिजवाया, तब उसे स्थिति की गम्भीरता का अन्दाज हुआ और उसके वकील ने हमसे बातचीत शुरू की। हम लोगों ने जब अशोक के वकील के सामने सारे प्रमाण रखे, तो उन्हें जाँच-परखकर उन्होंने अशोक को उसकी अवश्यम्भावी हार से अवगत कराते हुए, सुधा को तलाक़ के एवज़ में अशोक की सारी चल-अचल सम्पत्ति का मालिक घोषित करवा दिया।

आश्चर्यजनक ढंग से सुधा ने बिना कोई रोना-धोना मचाए, यह कहते हुए सब कुछ स्वीकार कर लिया कि "जो मेरा था ही नहीं, उसे पकड़ कर रखने से क्या फ़ायदा?"

लम्बे समय से एक बड़ी संस्था का काम पूर्ण एकाग्रता और तेजस्विता से करती सुधा को अपने 'ब्याज-बट्टे' की कमाई को सँभालने में क्या वक़्त लगता? उसने एक व्यावहारिक बजट बनाकर बच्चों को उच्च शिक्षा के लिए विदेश भेज दिया और अपनी ज़िन्दगी को पूरे उत्साह एवं स्वतन्त्रता से जीने लगी। उसने महिला परिषद के युगों से प्रतीक्षित पदों को सँभालने के साथ-साथ पी-एच.डी कर ली और मिसेज चोकसी के रिक्त प्रिन्सिपल पद को भी गौरवान्वित कर दिया।

सुधा की असीम ऊर्जा! अवसर पाते ही अनेकानेक रूपों में व्यक्त होने लगी। श्रम को ही विश्राम मानती सुधा ने परिषद के पास वाले कॉलेज में पार्ट टाइम पड़ाना शुरू कर दिया और अल्प समय में ही अपनी मेहनत के कारण वहाँ अत्यन्त लोकप्रिय हो गयी। वह रोज़ सुबह उठने की आदी तो थी ही, और घर में पति और बच्चे न होने के कारण जल्दी उसे किसी की हाजिरी भी नहीं देनी पड़ती थी। उसका सारा घरेलू काम 'छुट्टी बाई' निबटा देती थी, इसलिए सुबह उठते ही वह कॉलेज में जो पाठ पड़ाना होता, उसे अच्छी तरह तैयार कर लेती थी। उसने पढ़ाने की भी एक रोचक शैली ईजाद कर ली थी। जब वह उबाऊ कोर्स को कहानी की कहन शैली में ढाल कर पढाती तो विद्यार्थी क्लास खत्म होने पर भी उसका पीछा नहीं छोड़ते थे। उसकी गुणवत्ता से प्रभावित होकर कॉलेज की प्रिंसिपल ने उसे अन्य कई कक्षाओं का दायित्व भी दे दिया। सुधा आरम्भ से ही परिषद-स्कूल के अतिरिक्त भी! गरीब तबके के लिए कुछ करना चाहती थी। उसका मानना था कि गरीब बच्चे सरकारी और अन्य संस्थाओं के कारण स्कूल की पढ़ाई तो किसी तरह कर लेते हैं, पर उनके लिए निःशुल्क कॉलेज की पढ़ाई का सर्वथा अभाव है। सुधा का हृदय गरीब मेधावी छात्रों की यह असमर्थता देखकर बहुत उद्विग्न रहता था।

इस समस्या के किंचित समाधान के लिए उसने महिला परिषद के ट्रस्टियों से निवेदन कर यह अनुमति ले ली कि वह उच्च कक्षाओं के कक्षों में शाम के समय कॉलेज की पढ़ाई शुरू कर सकती है।

उसने अपनी दस सहमना मित्रों के साथ मिलकर एक संगठन 'उच्च शिक्षा अभियान' बनाया और वे सब रात-दिन कॉलेज के लिए उत्तम शिक्षा के संसाधन जुटाने में लग गयीं।

सुधा ने सबसे पहले अपने कॉलेज के शिक्षकों से अनुरोध किया कि वे न्यूनतम तनख़्वाह में उन कक्षाओं में पढ़ाने की कृपा करें। आश्चर्यजनक रूप से कुछेक प्रोफेसरों ने न केवल तनख़्वाह लेने से इन्क़ार कर दिया, बल्कि वे अपनी ज़ेब से वहाँ सहायता भी करने लगे। इस पक्ष के सँभलते ही सुधा ने अपने कॉलेज के छात्रों से अपील की कि वे अपनी पास की हुई पुस्तकों का दान कर इस सारस्वत यज्ञ में समिधा अर्पित करें। सुधा के प्रति श्रद्धा और प्रेम से भरे छात्रों ने वहाँ पुस्तकों के

साथ ही कॉपियाँ, कलम एवं अन्य नाना प्रकार की जिंस का अम्बार खड़ा कर दिया। कुछ छात्रों ने तो आगे बढ़कर अपने कम पहने हुए बढ़िया कपड़े भी अच्छी तरह पैक कर सुधा के भंडार में दे दिए और देखते ही देखते इस नि:शुल्क कॉलेज ने विशेष प्रतिष्ठा प्राप्त कर ली।

छात्रों की संख्या बढ़ती जा रही थी, इसलिए सुधा ने अपने कॉलेज के बोर्ड से प्रार्थना कर, उनसे भी शाम को गरीब बच्चों के लिए कक्षा माँग लिए। वह अपना यह वादा अच्छी तरह निभाती थी कि अगले दिन सुबह कक्षाएँ पहले से भी ज़्यादा साफ़-सुथरी होंगी।

ज़रूरतमन्द छात्रों की बाढ़ के सामने सुधा और उसके मित्रों के संसाधन कम पड़ रहे थे। कारण कि वे लोग एक क्षण के लिए रुकते नहीं थे और मुफ़स्सिल में भी अपने पैर फैलाते जा रहे थे। अचरज की बात है कि उन्हें अर्थाभाव होते ही चमत्कार की तरह कोई न कोई भली आत्मा उनके यहाँ बड़ा दान भेज देती थी। इन घटनाओं से ऐसा लगता था गोया ऊपर बैठा वह परमपिता हर वक़्त उनका ध्यान रखता है।

सुधा के बेटा-बेटी भी डॉक्टर और सॉफ्टवेयर इंजीनियर बन कर अमेरिका से उसे निरन्तर बड़ी राशि भेंट करते रहते थे। लेकिन सुधा की कर्म-पिपासा ऐसी थी कि तृप्त होने का नाम ही नहीं ले रही थी। हालत यह हो गयी थी कि अब सुधा को हर क्षण यह लगने लगा था कि उसके पास समय कम और काम बहुत ज़्यादा है। वह इस अभियान को स्थायित्व देना चाहती थी, पर कैसे? इस विराट प्रश्न का उत्तर उसे ढूँढ़े नहीं मिल रहा था कि अचानक यह सूक्ति कि, 'यदि कोई मनुष्य पूर्ण त्याग और समर्पण से किसी सद्कार्य को कार्यान्वित करना चाहे, तो पूरी क़ायनात उसका साथ देने को उठ खड़ी होती है' सुधा के जीवन में फलित हो गयी और ढेरों-ढेर वर्षों के बाद अचानक सुधा की सास ने उसे बुला भेजा।

सुधा के ससुराल वाले उस ज़माने के करोड़पती थे, जब सोने का भाव पच्चीस रुपये तोला था। उस समय यह बात जगत-ख्यात थी कि उनके यहाँ बरात की ज्योनार सोने की थालियों में परस कर जिमाई जाती है और उनके यहाँ 'सरतखानों' (तहख़ानों) में सोना-चाँदी ठुँसा पड़ा है।

सुधा इस आकस्मिक बुलाहट का कारण समझने में पूर्णतः असमर्थ थी। क्योंकि, सुधा की रूपवती सास अपने कामदेव-से इकलौते पुत्र के साथ अप्सरा की जगह सुधा जैसी अतिसाधारण बहू... को स्वीकार नहीं कर की थीं, इसलिए नाराजगी के इज़हार-स्वरूप वे उसके विवाह के बाद से ही देस की हवेली में जाकर रहने लगी थीं। देखने में सुन्दर होने के कारण वे सुधा के बच्चों को तो यथासमय बुला कर उनका लाड़ लड़ा लेती थीं, पर उनके प्रेम क्षेत्र में सुधा का प्रवेश पूर्णत: वर्जित था।

कौतूहल और घबराहट से भरी सुधा जब अपने माथे का पसीना पोंछती हुई अपनी सास के सामने पहुँची, तो जड़ीभूत हो गयी। वह दंग थी आज कि उसकी पत्थरदिल सास! प्रेम के झरने-सी झरती हुईं उसे आपाद-मस्तक सराबोर करने को लालायित थी।

सुधा से ढेरों माफ़ियाँ माँगने के बाद, उन्होंने उसे अपनी चाबियों का भारी गुच्छा देते हुए कहा, ''बींदणी! मेरे पर या कृपा कर।'' जब सुधा ने चौंक कर प्रश्नवाचक मुद्रा में उनकी ओर देखा, तो अवाक रह गयी! उनका पूरा चेहरा पश्चाताप के आँसुओं से भरा हुआ था, और वे टूटे-फूटे शब्दों में सुधा से अनुरोध कर रही थीं कि वह उनके सारे धन को सद्कार्यों में लगा दे।

सुधा ने उनके अक़ूत ख़जाने का अद्भुत सदुपयोग किया। उसने अपनी जन्मजात समझदारी से पहले तो बैंकों की सहभागिता से कुछेक ज़मीनें ख़रीदीं और फिर सरकारी ग्रांट से उन पर निःशुल्क कॉलेज बनाने में जुट गयी।

सुधा ने अपने पुरखों की करोड़ों की राशि का 'कॉरपस' बना दिया, जिसमें उसके पीहरवालों ने भी बड़ा दान दिया।

कई बार धन की बहुतायत भी संस्था को मार डालती है, इसलिए उसने नामी-गिरामी अर्थवेत्ताओं से सलाह कर, प्रत्येक कॉलेज का एक स्वतन्त्र ट्रस्ट एवं बोर्ड बनाया, जिसकी पहली शर्त थी, आर्थिक आत्मनिर्भरता। इन सभी ट्रस्टों और बोर्डों के एक-एक प्रतिनिधि को मूल ट्रस्ट का ट्रस्टी बनाया गया, जो अपने कॉलेज की किसी आपातकालीन ज़रूरत के लिए 'कॉरपस' से आर्थिक मदद की गुजारिश कर सकता था। किसी भी प्रस्ताव के पारित होने के लिए पचास न्यासियों में से कम से कम तीस न्यासियों की मंजूरी आवश्यक थी। इसी तरह के नियम-कानूनों से चाक-चौबन्द यह 'उच्च शिक्षा अभियान' वर्तमान में भी अहर्निश कार्यरत है और अपने सच्चेपन का प्रकाश चतुर्दिक फैला रहा है। इसे न तो कभी कार्यकतल्ताओं का अभाव हुआ और न ही विद्वज्जनों का।

सुधा का अहं-शून्य तन और मन इतने मृदुल और कोमल थे कि उसके सम्पर्क में आया प्रत्येक प्राणी उसका ही होकर रह जाता था। बावजूद अपने विस्तृत कार्यक्षेत्र के सुधा पहले की तरह ही महिला परिषद को सँभालती रही। उसके अनुसार ऊँचाइयों की ओर ले जाती डगर के लिए वही तो उसका प्रस्थान बिन्दु था।

यदि आज भी कोई महिला परिषद को देखने जाए, तो उसे वहाँ की दीवारों से, सीढ़ियों से, और दिग्दिगन्तरों से मिसेज बाजोरिया! मिसेज बाजोरिया! गूँजता सुनाई पड़ेगा। साथ ही दिखेगा पुकार के उत्तर में तेज़ी से चलती एक नन्हे क़द की, आदमक़द मंसूबोंवाली महिला का चारों ओर प्रतिबिम्बित होता अक्स!

एक माँ धरती सी !...

''हैल्ल्यो!! बानी माशी (मौसी)... की खोबोर... शोब ठीक?...'' कहते हुए मैंने किताबें एक ओर पटकीं और माशी की गोद में पसर गयी।

''बौलो तो आजके तुमि आमाय (मुझे), की (क्या) खावाबे (खिलाओगी)'' कहने के साथ ही मैंने माशी की लम्बी चोटी एक झटका दिया... और उन्होंने आँखों ही आँखों में मुझे धमकाते हुए चोटी का 'हाथ जूड़ा' बाँध कर सिर पर कस लिया फिर अपने पान रंगे ओठों से माँ को लाड़ भरी इतराहट से कहने लगी, ''शाबी! (साबी), शोत्ति (सच) तुम्हारा इस लड़की का माथा ऐकदोम खाराप है। ...घोड़ा मालिक हो गया किन्तु जरा भी हूस (होश) नेई है...मेरा नोकोल में खाराप हिन्दी बांग्ला बोलेगी... मेरा 'सारी' (साफ़ी) खींचेगी,... 'चूटी' खींचेगी बस्स-शोब शोमय (हर वक़्त) खी... खी... खी... दाँत देखाएगी। चोख (आँख) दैखाओ तो टेंडा मुख (मुँह) बनाएगी।... शोब शोमय बदमाईश खाली बदमाईश;... कोनो (कोई) माने आछे (है)... 'पोर-घोर' (दूसरे घर) जाकर के माँ-माशी का नाम बोदनाम ना कोरे तो हमरा नाम बानी नेईं।... हे भोगबान! कोतो दुष्टु मेये! एके निए आर पारी ना!!!''(हे भगवान! कितनी बदमाश लड़की है! अब इससे पार नहीं पाया जा सकता।)

पर बानी माशी की बातों की तरह ही उनके हाथ भी लगातार चल रहे थे और देखते ही देखते मेरी प्लेट में गरमागरम 'राधावल्लभी', 'आलूदम', 'सन्देश', 'रसगुल्ला' आदि के ढेर लग गये थे। मैंने जैसे ही लपककर प्लेट खींची,... पंखे की डंडी हाथ पर पड़ी... ''ऐई पागला मेये, आगे हाथ धो!'' (ऐ पागल लड़की पहले हाथ धो।) मैं हुँ... हाँ... करती हुई दौड़ कर बेसिन से हाथ पर पानी छिड़क कर वापस आई और दमादम नाश्ता ठूँसने लगी।

माँ ने खिलखिलाते चेहरे से बानी माशी की ओर देखकर कहा—''ऐर ऊपरे तोर जोतो माया आर भालो बाशा; तार मोध्ये आमी कोथाय?... जेने रेखो... जोदि ऐर शोशुरबाड़ी थेके कोनो बोदनामी आशबे तोड़ तोर हिश्शाटाई बोड़ो होबे''...

(तुमने इसे जितना सिर पर चढ़ा रखा है उसमें मेरी गुंजाइश कहाँ? यदि इसके ससुराल से कोई शिकायत आई तो उसकी ज़िम्मेदारी तुम पर ही होगी, मुझ पर नहीं।)

"हुँह... बोदनामी देबार शाहोशटाइ आर कार होबे (?) ओतो रुपोशी आर गुनोवती मेये कि(?) शोहजेई पावा जाए?" (हुँह, भला बदनामी (?) देने की जुर्रत किसमें होगी? एक तो रुपवती और ऊपर से गुणों की खान।... क्या सहज ही किसी को ऐसी लड़की मिल सकती है?)

पलक झपकते ही 'दुष्टु मेये' को गुणवती बनाती बानी माशी हमारी बहुत ही प्यारी और अद्भुत पड़ोसन थीं। एक तरह से वे मेरी माँ ही थीं। वैसे माशी और माँ शायद 'साफ़ी बदल' बहनें भी थीं, पर मुझे तो बस इतना ही पता है कि मेरे प्यार के आकाश का बड़ा हिस्सा बानी माशी ने घेर रखा था और बाकी में थी सारी दुनिया...

लेकिन आज सालोंसाल बाद पूर्वदीप्ति सी यह बानी माशी!!... क्यों मेरे मस्तिष्क के फलक पर बार-बार कौंध रही हैं (?) क्यों उनकी मीठी चुटकियाँ!... छोटे-बड़े हँसी-मज़ाक... रोज़मर्रा की छेड़छाड़... नोंक-झोंक... बड़-बड़... सब कुछ!! सिनेमा की रील-सा आँखों के सामने से गुज़र रहा है (?)

"माँ! माँ! कठै सै तैं?" आवाज़ देती हुई मैं माँ के पास जा धमकी। मेरा ऊँचा सुर सुनकर माँ कुछ घबड़ा गयी। जल्दी-जल्दी बाहर आकर बोली, "अरे के होया? क्यूँ चिल्लान मंड री सै?"

"माँ! अच्छा, वा तेरी 'भायली-भाण' (सहेली बहन) थी ना, 'बानी' उसकी के खबर सै...उनसै तैं 'लास्ट' कद (कब) मिली थी?... वा सै कठै (कहाँ)?..."

"अरे! आज बानी किस तराँ याद आगी तनै? कुछ चहिए था के उससे? कोई पुरानी-धुरानी किताब (?) ...या बंगाल की कोई पुरानी बात पूछनी थी के?...के बात सै बेटा?"

"ना बस, न्यूये(ऐसे ही)। ...आज सबेरे बानी बासु नाम की एक लेखिका से मिलना होया। बात-बात में बेलियाघाटा का जिकर भी आया... बंगाली खाणै पीणै की चरचा में बानी माशी का नाम भी आया... तो मेरा 'जी कुछ उट्ठ' (मन घबड़ाना) सा गया!... हाँ, तो माशी की कै ख़बर सै (?)"

माँ का सर्वस्मित चेहरा कुछ मुरझा-सा गया और उन्होंने धीमे-धीमे अधमरे स्वर में जो बताया वह बिल्कुल अप्रत्याशित था। उसका कोई भी तालमेल उन रोजाना की शामों से नहीं था, जिनमें पूरे मुहल्ले के बच्चों के ठहाके; पहनना-ओढ़ना; टांग खिंचाई; रूठ मनौवल; रोना-गाना; और पर्व-त्यौहारों के उत्सव भरे हुए थे। उन शामों में तो ज़रा-सा भी अवकाश नहीं था कि दुख सेंध मार सके?...फिर

यह छिद्र आया कहाँ से (?) उन शामों की चादर का चँदोवा तो इतनी सख़्ती से खूँटों से बँधा था कि ओफ़ोन की पर्त में छेद हो सकता है! पर उसमें नहीं। फिर यह हुआ कैसे ?...

दरअस्ल अपनी सुविधा के लिए हम माँ-बाबूजी को बेलियाघाटा से मध्य कलकत्ता में ले आए थे। बानी मासी किसी भी तरह यहाँ आने को राजी नहीं हुई ? 'भास्कर मासा' की बढ़िया मालिकाना नौकरी थी; अच्छा-खासा घर था; खूब ठाठ-बाट का रहना; और खूब खुले हाथ से खर्च करना उनकी दिनचर्या थी।

दिन बसन्त की बयार-से बीत रहे थे... प्रेम से भरे; फूलों की खिलखिल से सजे।... उनके 'शोनू' नाम का एक बेटा था; पर बेटी न होने के कारण उन्होंने मुझे ही अपनी बेटी माना और शोनू से ज्यादा स्नेह दिया। हक़ीकत तो यह है कि बचपन में मुझे माँ से ज्यादा माशी ही अच्छी लगती थी।

जब हमने माशी पर भी मध्य कलकत्ता आने के लिए दबाव डाला तो माशी ने कहा कि "मैं जन्म से ही इस बंगाली मोहल्ले में पली-बड़ी हूँ; बचपन जवानी सब यहीं बीते हैं; अब इस उम्र में केवल 'शाबी' (सावित्री) की टान (आकर्षण) से इसे कैसे छोड़ दूँ? ...हमारे बंगाली संस्कार और हमारे 'ओलनाल' तो यहीं के परिवेश में गड़े-खुबे हैं।"

ख़ैर... थोड़े दिनों तक काफी आना-जाना रहा, ...फिर कुछ कम... और क्रमशः यह आना-जाना... शादी-विवाह, या मरण-जन्म तक ही सिमट कर रह गया।

एक दिन अचानक ख़बर आई कि भास्कर मासा का देहान्त उनकी बड़ी ऑफिस की बड़ी टेबिल पर सिर धरे-धरे ही हो गया था।... श्राद्ध आदि के बाद यह भी सुनने में आया... कि मासाजी का बैंक बैलेंस कुछ ख़ास नहीं था, और अपनी ईमानदारी के कारण वे यह मकान भी पूरी तरह नहीं खरीद पाए थे। मकान-मालिक से रब्तो-जब्त में कुछ लेन-देन तो हुआ था पर कार्यवाही पूरी न होने के कारण वह साफ मुक़र गया था।

माँ ने बताया कि माशी की मनभावन लाड़ली बहू रातों-रात सरस्वती से चंडी-दुर्गा बन गयी थी। उसने तुरत-फुरत अपना बोरिया-बिस्तरा बाँधा और सबको लिए-दिए अपनी माँ के यहाँ जा कर रहने लगी।

मेरे यह कहते ही कि "शोनू और माशी नै भी तो सागै (साथ) लेगी सै;... चालो ठीक सै"। माँ ने तमक कर कहा, "के सिर ठीक सै ? कोण तो कवै था कि वा दुष्टाबहू बानी नै भतेरे दुख देव सै; (क्या सिर ठीक है ? कौन तो कह रहा था कि वह दुष्टा बहू बानी को बहुत ही सता रही है।)

"माँ! फालतू बात मत कर्या कर!! बंगाली छोरे (लड़के) माँ की भोत सेवा

करैं सै... हज्जारा उदाहरण दे सकूँ सूं! तनै...आज के युग म भी ये बंगाली लोग श्रवण कुमार सरीखे हौंवे सैं।'' (माँ, फालतू बातें मत करो। हजारों उदाहरण है कि आज भी बंगाली लड़के श्रवण कुमार की तरह माँ-बाप की सेवा करते हैं।)

मैंने माँ को डॉ. भट्टाचार्य और डॉ. प्रवीर बैनर्जी आदि कई बड़े डाक्टरों के हवाले से क़िस्से सुनाए... जिनमें बेटों ने माँ की ऐसी सेवा की थी कि मेरे मन के कई भरम 'पुत्र कुपुत्रो भव, माता न कुमाता भवति' आदि टूट गये थे।

मैंने उपदेशात्मक स्वर में माँ को यह भी समझाया कि ''हर युग में तीनों युग रहते हैं—सत, रज, तम (कलि)... बांग्ला संस्कृति मातृसत्तात्मक है; इसमें अभी भी माँ के लिए विशेष स्थान सुरक्षित है; इसलिए माँ बानी माशी की ओर से बेफिक्र रहें। आजकल के बच्चे ईमानदार हैं और सीधी साफ़ बात मुँह पर कह देते हैं। वे बाहर से कड़वे लगते हैं; पर सही में वे पढ़े-लिखे, समझदार और मन के अच्छे हैं।...

''माँ, तुम वैसे भी माशी की बिल्कुल चिन्ता मत करो। क्या तुम्हें याद नहीं (?) उस शाम क्या हुआ था (?) जब तुम मुझे और शोनू को वह मीठे कलेजे वाली कहानी सुना रही थी?... कितने बड़े थे हम दोनों?... यही कोई चार-पाँच साल के क्यों?''

और वह दृश्य!! ...अखंड!!... साबुत!!... पूरा का पूरा मेरी आँखों के सामने तिर गया।

माँ ने अपने 'तकिया कलाम' 'कहाणी सुणता हुँकारा भरो तो सुणाण वालै नै मजा और सुणणवालै कै जाग रहब (कहानी सुनते समय हुँकारा भरो तो सुनानेवाले को आनन्द आता है और सुननेवाला जाग्रत रहता है।) कहकर कहानी शुरू की थी।... माँ की दाईं पालथी पर मेरा और बायीं पर शोनू का सिर था। माँ की अँगुलियाँ हमारे बालों से खेल रही थीं... कहानी अपने पूरे यौवन पर थी; कि अचानक! शोनू उठकर दौड़ा और रसोईघर से एक छोटा-सा चाकू लाकर चिल्लाने लगा ''मेरे देबो। राक्खोश के जाने मेरे देबो।... निजेर मायेर जान नेबे?...ऐखूनी ... ऐखूनी... मेरे देबो''...(मार डालूँगा- राक्षस को जान से मार डालूँगा, अपनी माँ की जान लेगा?... मैं उसे अभी का अभी मार डालूँगा)... कहते-कहते उसकी साँसें उलझने लगीं।

सब हक्के-बक्के।... माँ ने मेरा सिर धड़ाम से ज़मीन पर गिरने दिया और शोनू का चाकूवाला हाथ पकड़कर उसे पुचकारकर कहने लगी, ''आमार शोना... आमार चाँद, ऐ तो एकटा काहिनी रे बाबा! कोनो दिनई ऐ रोकम होय ना। जोतो दिन ऐई पृथिवी ते तोमार मोतन छेले आछे, केऊ निजेर मायेर ऊपर हाथ-ई तुलते पारबे ना;... मारा तो दूरेर कोथा।''(मेरे राजा, मेरे सोना, बेटा यह तो बस एक कहानी मात्र है।...ऐसा कभी नहीं होता।... जब तक इस धरती पर तुम सरीखे बेटे

हैं, कोई अपनी माँ पर हाथ तक नहीं उठा सकता,... मार डालना तो दूर की बात है।)...

यह वही हम सबकी सैंकड़ों बार सुनी कहानी थी कि एक प्रेमिका के उकसाने पर जब उसका प्रेमी अपनी माँ के मीठे दिल को निकाल कर तेजी से अपनी प्रेमिका के पास जा रहा था, तो ठोकर लगने से गिर पड़ा और कहानी का थर्रा देने वाला चरमशीर्ष यह था कि कटे कलेजे से भी माँ की आई!...

''अरे बेटा! कहीं चोट तो नहीं लगी?''

एक लम्बा नि:श्वास छोड़ते हुए मैंने माँ से माशी का पता माँगा।

माँ ने दोनों हाथ झटक कर कहा, ''शोनू की बहू ने किसी को भी अपना अता-पता नहीं दिया।''

''बड़ा अजीब जवाब है यह तो!'' ...मैंने खीज कर कहा।

''पर यही सच है!'' माँ ने भी मुँह फुलाकर कहा।

बहरहाल, व्यस्त जीवन की अफरा-तफरी में बानी माशी का अध्याय अपने पन्ने समेट कर वापस बन्द हो गया था कि... ?

एक दिन मेरी योग गुरु शिखा ने कहा, ''दीदी! आज मन कुछ खट्टा सा हो रहा है।''

उसकी रोज़ की बेसिर-पैर की बकबक से उकताए मेरे कान यह संवाद सुनते ही मुँद से गये थे कि कथा-प्रवाह के बीच अचानक सुनाई पड़ा ''और वह बुढ़िया बानी? बिचारी कुछ भी नहीं...''

शिखा तुमने कहा, ''बुढ़िया 'बानी'? कौन हैं वे? उनका पूरा नाम क्या है? तुम उन्हें कैसे जानती हो? क्या वे सदा से ही तुम्हारे पड़ोस में रहती हैं?...''

शिखा रोज़ मुफ़स्सिल 'खरदा' से दो लोकल ट्रेन बदलकर कलकत्ते आती है; वहाँ का रहन-सहन और मकान सस्ते हैं; और वहाँ के बाशिन्दे अधिकतर बांग्लादेशी शरणार्थी हैं।

मेरे प्रश्न से शिखा का चेहरा चमक उठा। उसकी यह शिकायत कि मैं उससे अनमनी रहती हूँ और उसकी बातों को तवज्जुह नहीं देती; मिट गयीं; फिर तो उसकी बातों की ऐसी नदी बही कि उसमें से आठ-दस सीरियल की पटकथाएँ निकल आतीं।

हाँ! बुढ़िया के उठने से लेकर सोने तक; सातों दिन! बारहों महीने! उसके साथ क्या सुलूक होता है; सुनना अत्यन्त दुखद और रोमांचकारी अनुभव था।

शिखा! क्या तुम मुझे बानी जी से मिला सकती हो? सुनते ही शिखा ने मुझे यूँ घूरा जैसे मैं आधी नहीं पूरी पागल हो गयी हूँ। दो-एक उपहार और ख़ुशामद के बाद वह इस पर राज़ी हुई कि वह किसी तरह उनसे मिलकर मुझे उनके हाल चाल

बताने की कोशिश करेगी।

विस्मय और आनन्द से भरा था वह दिन! जब शिखा ने यह शुभ सूचना दी कि आज 'बानी बुढ़िया' से मिला जा सकता है; क्योंकि उनके बेटा-बहू दो दिन के लिए 'दीघा' (समीपवर्ती पर्यटन स्थल) गये हैं।

क्षणमात्र गँवाए बिना, हम सब गाड़ी में भर कर माशी के दरवाजे जा पहुँचे। सन्देश के डिब्बे, समोसों के ठोंगे, और फल-फूल को उतार कर; जब हमने दरवाजा खटखटाया तो सामने एक बहुत ही भद्र पुरुष आ खड़े हुए। पता चला कि माशी की बहू के जीजा हैं और उसी कम्पनी में काम करते हैं, जिसमें माशी का बेटा शोनू (बाप की वजह से) अफ़्सर है।

उन्होंने आँखें चुराते हुए बहुत ही संकोच से हमें बानी माशी की कोठरी दिखा दी।... असम्भावित और असमय पड़ी थपथपाहट से बानी माशी इतना घबड़ा गयीं कि दरवाज़े पर उन्हें देखकर लगा, मानों कोई भूत सामने खड़ा है! आँखें आसमान पर! ...गर्दन ज़मीन में धँसती-सी! ...मोटी साफ़ी का फटा पल्लू मरोड़ते काँपते हाथ!... और ज़मीन को कुरेदते पैरों के अँगूठे।...

ओफ्फ! क्या ये वही बानी माशी हैं? ना!!... ना!!... ऐसा हो ही नहीं सकता! कहीं कोई भूल है(?)... क्या ये बानी माशी ही हैं (?) मैंने असमंजस भरी आँखों से शिखा को देखा तो उसने झुकी गर्दन और झुकाकर जोर से 'हाँई' में उसे हिला दिया।

ओह! वह परिवेश ?...बयान करने लायक नहीं! लगा काला पानी की कोठरी का कोई बहुत ही बुरा सिनेमाई सेट है। पंखा तो दूर उसमें एक खिड़की तक न थी।

'माशी' साँस कैसे लेती हैं? क्यों ज़िन्दा हैं वे ऐसी बदतर जिन्दगी में?

पर उनकी आँखों ने बिना कुछ कहे ही सारी जिज्ञासाओं का समाधान कर दिया और साथ ही यह भी कह दिया कि मरना इतना आसान नहीं है।

सोचा था पहले की तरह ही लपककर... उमग कर... माशी को चिपका लूँगी!!... पास बैठ कर खिलाऊँगी।... उनके आराम का कोई इन्तज़ाम करूँगी। पर यहाँ तो सब कुछ स्तब्ध था...एकदम ठहरा हुआ... निर्वात। वहाँ इतने लोग उपस्थित थे; पर लगता था कि कोई भी नहीं है; बस एक भयावह सन्नाटा वहाँ पसरा हुआ था। जिसकी धुन्ध सब कुछ लील रही थी। यहाँ तक कि सबकी साँसों की आवाज़ भी इतनी साफ थी; मानों कोई धौंकनी धौंक रहा हो।

यह मंज़र कितनी देर ऐसे ही जड़ता में जकड़ा रहा अन्दाज़ नहीं! कि परेश दा (जीजा) ने हलका-सा गला खंखारा; और कुछ बोलने का उपक्रम किया। पर उनकी जीभ भी तालू से सट गयी और उन्होंने यह कोशिश व्यर्थ हो जाने दी।

अन्त में शिखा ही बोली—''ताहोले जाई?'' (तो चलें?)

"अरे वाह! चलें?... चलें कैसे? ठहरो बाबा।... एक मिनट।" कहते हुए मैंने माशी की साड़ी का पल्लू खींच कर कहा, "माशी, चोलून मांर बाड़ी।" (माशी चलिए माँ के यहाँ)

माशी की बड़ी आँखें उदासी का महासागर अपने में समोये ऊपर उठीं और उस गहन अवसाद में भी दुलार की हलकी सी परत तिरा कर; उन्होंने मुझे देखा। उनके ओंठ हल्के से हिले; पर फिर बिना कुछ कहे ही वापस बन्द हो गये।

अवश होकर मैंने परेश दा से कहा, "दादा! आप ही कुछ करिए ना। शिखा कह रही थी कि आप इन्हें बहुत चाहते हैं और इनके कष्ट से पीड़ित भी हैं; फिर इन्हें समझाते क्यों नहीं? कुछ करते क्यों नहीं परेश दा? प्लीज हेल्प मी!! प्लीज!! प्लीज!!" कहती हुई मैं फ़फ़क पड़ी।

वहाँ का वातावरण ही ऐसा था कि राह-चलता भी रो पड़े। सभी की आँखें भरी थीं। केवल माशी की आँखें ही जल-शून्य थीं। माशी शायद भाव-कुभाव की दुनिया से परे जा चुकी थीं; शायद उन्हें अब सुख-दुख कुछ व्यापता ही नहीं था।

बहुत अनुनय करने पर परेश दा ने बताया कि "आप ही की तरह हम भी इनका दुख देखकर बहुत आन्दोलित थे। 'कंकाल सा शरीर'; 'सिर पर रूखे बालों का घोंसला'; मोटी फटी-साड़ी में लिपटी इनकी यह 'काक डरानी शक्ल'! हमें बहुत सालती थी कि एक दिन अवसर देखकर मेरी पत्नी (इनकी बहू की बहन) मुझे लेकर इनके पास आई। हमने इनसे बहुत अनुरोध किया कि ये मेरे साथ मेरे द़फ्तर चली चलें। वहाँ इन्हें न कुछ करना है, न कुछ कहना है; बस, मैं द़फ्तर वालों को इनका सही परिचय देते हुए कहूँगा कि ये फलाँ बड़े अफ़सर की माँ हैं और अपने बेटे का द़फ्तर देखने आई हैं। इससे हमारे सहयोगियों की जो प्रतिक्रिया होती उससे तो आप भी अनजान नहीं हैं और अनायास ही इनका बेटा भी सुधर जाता।"

"अरे! यह तो ग़ज़ब का आइडिया था? फिर यह फेल कैसे हुआ?"

परेश दा ने यह कहते हुए बात का समापन किया कि "किन्तु माँ कारो कोथा शोनेन नी। बोललेन, "ऐते आमार छेलेर ओपमान होबे।...आर आमी जीवन्त थाकले ऐटा होते देबो ना। ओर अतो बोड़ो 'पोजीशने' आमार जन्यो एकटू धाक्काओ लागे ऐटा आमि होते देबो ना! ओर आगे आमिई मोरे जाबो।" (लेकिन माँ ने किसी की नहीं सुनी। कहने लगीं इससे मेरे बेटे का अपमान होगा और मैं जीते जी ऐसा नहीं होने दूँगी। उसकी पोजीशन बहुत बड़ी है और उतना ही व्यापक है उसका प्रभामंडल। मेरी वजह से उसमें कोई भी खरोंच आने के पहले मैं मर जाना पसन्द करूँगी।)

मैं भौंचक!... पत्थर!...

हृदय के हाहाकार में बस एक ही बात गूँज रही थी—"माशी! माशी! तुमि

कोन लोकेर प्राणी रे माशी!!"...(माशी! ऐ माशी! तुम कौन से लोक की प्राणी हो?)

तो क्या डॉ. मुखर्जी और डॉ. बैनर्जी झूठे हैं?...क्या आज भी पुरानी कहावतें अपनी सत्यता के परचे देती हैं? क्या 'माता न कुमाता भवति' सच है?...क्या आज भी जब बेटा माँ का दिल निकालकर भागता हुआ ठोकर खाकर गिर पड़ता है तो उसमें से माँ की कराहट भरी आवाज़ आती है—"बेटा! कहीं चोट तो नहीं लगी?"

बन्द पिंजरे खोलतीं रतन बाईसा

"तापोती, एकटू शोनो (ज़रा सुनना)" पुकारते हुए मैंने पासवाले फ्लैट की महरी ताप्ती को अपने पास बुलाकर पूछा, "ताप्ती! गंगा और तुम एक ट्रेन से ही आती हो। पिछले पच्चीस वर्षों में कभी भी 'नागा' (ग़ैरहाज़िर) न करने वाली गंगा का पन्द्रह दिनों से कोई अता-पता नहीं है। मोबाइल, लैंडलाइन की तो छोड़ो, मैंने एक आदमी को भी उसके यहाँ भेजा था, पर उस घर के एक बाशिन्दे ने कहा, 'यहाँ कोई गंगा-फंगा नहीं रहती, किसी ने तुम्हें ग़लत पता दिया है।' ताप्ती, गंगा हमें ग़लत पता देगी, यह बात यक़ीन से परे है, लेकिन ज़्यादा 'खोदा-खादी' करने से उसके पड़ोसी उस पर शक़ करते, इसलिए हम ख़ास जाँच-पड़ताल नहीं कर पाए। पर तुम तो उसी मुहल्ले की हो, ज़रा गंगा से मिल कर, अपने मोबाइल पर उससे मेरी बात करवा दो।"

मेरी बात के उत्तर में ताप्ती ने बहुत ही रूखेपन से कहा, "माँजी, मैं गंगा के मुहल्ले की नहीं हूँ। रोज़ एक ही ट्रेन से कलकत्ता आने के कारण उससे देखा-देखी ज़रूर हो जाती है। वह जहाँ से रेल खुलती है, वहाँ से आती है और मैं बीच रास्ते में चढ़ती हूँ, भला मैं उसके बारे में क्या बता सकती हूँ?"

ताप्ती के इन उद्‌गारों से मैं अवाक थी, क्योंकि मैंने अक्सर ही इन दोनों को सगी बहनों की तरह गलबहियाँ डाले, ख़ुसुर-फ़ुसुर करते देखा है। पर गरीब आदमी का झूठ किस दर्द और मजबूरी से उपजता है, यह हम समझ ही नहीं सकते।

ताप्ती की टालमटोल से मेरा सन्देह और गहरा हो गया। मैं आश्वस्त हो गयी थी कि कहीं कोई गड़बड़ ज़रूर है, पर मैंने ताप्ती के स्वाभिमान की रक्षा करते हुए उससे सिर्फ़ इतना ही कहा, "तुम्हारी बात एकदम ठीक है। मात्र ट्रेन की देखा-देखी में कोई किसी का दोस्त थोड़े ही हो जाता है, पर ताप्ती, क्या बताऊँ! कल से मेरा जी घबराया हुआ है, क्योंकि ऐन हमारी नाक के नीचे एक औरत के साथ ऐसा अमानुषिक अत्याचार हुआ है कि मैं बता नहीं सकती। दुख इस बात का है कि हमारा सारा 'सोशलवर्कपना' धरा रह गया और एक अच्छे घर की बहू अपनी जान से हाथ

धो बैठी।''

''माँजी! क्या आप उसी पार्कवाली औरत की बात कर रही हैं जिसका चीखना-चिल्लाना आपको और मेरी मेमसाब को शाम की सैर के वक़्त सुनाई पड़ता था? आप लोगों ने तो उसे बचा लिया था, फिर आप कौन-सी औरत के मरने का जिक्र कर रही हैं?''

ताप्ती के प्रश्न बहुत ज़्यादा नहीं थे, पर यदि आपका तन-मन ग्लानि के दर्द से भरा हो, तो प्रशंसा भी तीखी चुभन और दर्द पैदा कर देती है। दरअसल मुझे और सुमन को यह मुग़ालता है कि हम उत्पीड़ित स्त्रियों का उद्धार करते हैं, पर एकाध बार बड़ी मुसीबत में फँस जाने के कारण, अब हम बहुत ही सोच-समझकर किसी 'अड़गे' में हाथ डालते हैं। और इसी 'अति-सावधानी' के कारण हमसे यह चूक हो गयी थी।

इतनी 'उलझी-पुलझी' क़ैफ़ियत को परे सरका कर यदि ताप्ती के उस प्रश्न का सीधा उत्तर दिया जाए, तो वह यों है, मैं और सुमन मकानों से घिरे एक पार्क में हर शाम चक्कर काटते हैं। एक दिन अचानक, पार्क से सटे हुए एक फ्लैट से हमें चीखने-चिल्लाने और रोने-पीटने की आवाज़ें सुनाई पड़ीं। हमारी सालों की 'सेहत-समाधि' में यह पहला ख़लल था और चूँकि दूसरे चक्कर के बाद वे आवाज़ें भी तिरोहित हो गयी थीं, इसलिए हमने यह मान लिया कि यह अवश्य ही किसी 'हिन्दी सीरियल' का मामला होगा। थोड़ी देर बाद जब सुमन ने पूछा कि 'पुष्पा! क्या तुम्हें सिसकियाँ सुनाई दे रही हैं?' तो मैंने उसका मज़ाक उड़ाते हुए कहा, ''लगता है तुम्हारे कान बजने लगे हैं सुमन, आओ घर चलें।''

ख़ैर, इसके पहले कि वे आवाज़ें हमारे ज़ेहन से पूरी तरह दफ़ा होतीं, एकाध दिन बाद ही वीभत्स आवाज़ों की एक पूरी 'सी.डी.' हमारे कानों को भेदने लगी, और सुमन की लांछन भरी आँखों का गूढ़ार्थ समझकर, मैंने तुरन्त पार्क के चौकीदार से अनुरोध किया कि वह यथाशीघ्र उस फ्लैट के मालिक के बारे में हमें बताए।

अतीत में हमने दो-चार बार उस चौकीदार की समस्याओं का समाधान किया था, इसलिए उसके मन में हमारे लिए एक आदर भाव था। अत: उसने दूसरे ही दिन आकर हमें बताया, ''मेमसाब! वे लोग काफी पैसेवाले हैं और वह पूरा मकान उन्हीं का है। वे लोग मुझे कुछ गड़बड़ टाइप के लगे। अगर आप उनके यहाँ जाने की सोच रही हैं, तो ज़रा सँभल कर जाइएगा।''

मैंने उस नेपाली चौकीदार को शाबाशी देते हुए कहा, ''बहादुर! तुम बेफ़िक्र रहो, हम पूरा हिसाब-किताब बैठा कर ही उनके यहाँ जाएँगे।''

हमें उनके पास-पड़ोस से पता चला कि उस घर में एक अत्यन्त कठोर प्रौढ़ पुरुष (बाप) और एक अधपगला-सा जवान (बेटा) रहता है। महिलाओं में एक

बड़ी उम्र की महाबदमाश सास और गरीब घर की एक ख़ूबसूरत बहू है, क्योंकि उनके बेटे का अच्छा सम्बन्ध हो नहीं रहा था, इसलिए उन्हें 'झक' मारकर यह बहू लानी पड़ी थी। मजबूरी में आई हुई बहू, यों भी क़िस्मत में दुख ही लिखा कर लाती है, ऊपर से राक्षस ससुर! कर्कशा सास! और बददिमाग़ कामुक पति के मेल ने तो उस बेचारी की पूरी जन्मपत्री ही काली स्याही से पोत दी थी, पर विधि का विधान भी विचित्र है। उस गन्दे कीचड़ में उस नसीबमारी बहू ने एक ख़ूबसूरत-सी कुमुदिनी खिला दी। लेकिन यह सौभाग्य! उस बहू पर दुर्भाग्य बनकर टूटा, क्योंकि उन लोगों के लिए बेटी का एकमात्र अर्थ था पैसों का बड़ा खरचा। बेटी के जन्म के बाद से तो वह असुर परिवार, उस बहू पर और भी लोमहर्षक अत्याचार करने लगा, क्योंकि उनकी मंशा यह थी कि या तो वह अपनी बेटी सहित गंगा में डूब मरे या कहीं भाग जाए। वे बीच-बीच में लालची ओझा को बुलाकर, भूत-प्रेत के बहाने उस पर असम्भव शारीरिक अत्याचार भी करवाने लगे। बात-बेबात उसकी 'धमाधम-धुनाई' कर देना तो एक तरह से उनका व्यसन ही था।

बेचारी बहू! भरपेट खाना खाने में भी असमर्थ अपने माँ-बाप से अपनी मर्मान्तक पीड़ा का इज़हार भी नहीं कर सकती थी। इसलिए कोई और चारा न देखकर उसने एकाध बार आत्महत्या करने की कोशिश भी की! पर मरना क्या इतना आसान होता है? और फिर वह फूल-सी नन्हीं जान? क्या उसका मोहपाश काट पाना उसके वश में था?

मैं वर्तमान को बिसरा कर स्मृतिलोक में विचरण करती हुई, ताप्ती को यह कहानी सुनाए जा रही थी कि ताप्ती की आवाज़ आई, "चलिए, आप लोगों के कारण वह बेचारी दुखों से मुक्त हो गयी।"

'हैंऽ! मुक्त हो गयी' सुनते ही मुझे लगा जैसे किसी ने मेरे कानों में पिघला सीसा डाल दिया हो। मेरे मरे-से हाव-भाव देखकर ताप्ती ने पूछा, "माँजी, आप ऐसी पीली क्यों पड़ गयीं? क्या आप लोग उसकी रक्षा नहीं कर पाईं?"

"ताप्ती! हम बिना समय नष्ट किए उनके यहाँ जा पहुँचे, पर वे ठहरे ऐसे 'मोटे-चिकने घड़े' कि उन पर हमारे रौबदाब का असर पड़ना तो दूर, उन्होंने हमें ऐसी-ऐसी गालियाँ दीं, जैसी हमने आज तक न पढ़ी, न सुनी थीं। फिर भी हम दोनों 'जब्बर' महिलाएँ साहस जुटा कर चौकीदार से बोलीं, 'बहादुर! इनसे कहो कि हम लोग इनकी बहू से मिलना चाहते हैं।"

"बेचारा बहादुर! जो उन 'राक्षसी विभूतियों' को देखकर ही डर से मरा जा रहा था, कुछ बोल पाता, इसके पहले ही घर के सेठ अपने 'झेंद' (बड़ा-सा पेट) सहित आगे आए और उन्होंने एक ऐसा झन्नाटेदार थप्पड़ उसे मारा कि वह ज़मीन पर जा गिरा। हम भौचक! इस 'न भूतो न भविष्यति' दृश्य को साक्षात घटता

देखकर हतप्रभ रह गये। उनकी इस बेजा हरक़त ने हमें भी अपनी शराफ़त को ताक पर रखने को मजबूर कर दिया था, इसलिए हम लोगों ने सुमन की 'धाकड़' माँ रतन बाईसा का आह्वान किया और नुक्कड़वाले थाने में जा धमके।

''इस थाने में रतन बाईसा की ऐसी प्रतिष्ठा थी मानों वे साक्षात लक्ष्मी-सरस्वती-दुर्गा सबकुछ हों। वे जब सप्तम सुर में किसी को 'दक्कालतीं' (डाँटती), तो उनके सामने 'अल्लाह जिलाई बाई' का सात मंजिल पार जाता गला भी फीका पड़ जाता था। आज़ादी के लिए जेल गयी हुई रतन बाईसा का अभी भी स्थानीय एवं केन्द्र, दोनों राजनैतिक क्षेत्रों में दबदबा था। उन्हीं के मकान में नाम मात्र किराए पर हमारे इलाक़े के विधायक का कार्यालय होने के कारण इस हलक़े में उनका भारी रसूख़ था।

''एक तो रतन बाईसा का ज़ोरदार व्यक्तित्व! ऊपर से उनके संचित कर्म और प्रतिष्ठित परिवार की आनुवंशिकी आदि मिल कर उनके कीर्ति रूपी सोने को हर वक़्त चमकाए रखती थी। रतन बाईसा अभी थाने पहुँची नहीं थीं, इसलिए उस थाने का ओ.सी. सारी बातें विस्तार से सुनने के बाद भी, हील-हवाले कर रहा था।....

''उससे हमारी बहसबाज़ी अभी चल ही रही थी कि थाने में एक लयात्मक, पर कठोर स्वर गूँजा, ''शोत्त बाबू! आपनी?'' (सत्य बाबू! आप?) यह आवाज़ क्या आई, बेचारे ओ.सी. की तो 'धुजनी' (कँपकँपी) छूटने लगी, और वहाँ एक गहरा सन्नाटा छा गया। कुछ क्षणों बाद उसे भंग करता हुआ एक मिमियाता-सा स्वर सुनाई पड़ा, ''माँ! आपनी? मागो! ए बारे मोरेछी।'' (माँ! आप? हे भगवान! आज तो मरा।)

''शोत्त बाबू! मरण-फरण पीछे देखा जाएगा, अभी चलिए हमारे साथ। और आगे से ध्यान रखिएगा कि यह महिला एक लेखिका और आई.ए.एस. की बीवी ही नहीं, समाज का भला चाहने वाली मेरी बेटी भी है! ख़याल रहे कि आगे से इसका ज़रा-सा भी समय नष्ट न हो।''

''हम सब तुरन्त ही एक महिला पुलिस को साथ लेकर वापस उस घर में गये, पर आश्चर्य! वहाँ उस औरत का कोई नामोनिशाँ नहीं था। यहाँ तक कि उसके कपड़े-लत्ते, जूते, बच्ची का सामान आदि सबकुछ ग़ायब था। बहुत ढूँढ़ने पर हमें उस घर के एक कोने में उस महिला की एक तुड़ी-मुड़ी-सी फ़ोटो का गोला मिला, जिसे हमने खींच-तान कर पुलिस को यह कहते हुए सँभला दिया कि वे उसे खोजने की कोशिश करें, पर दुर्भाग्य से आज तक उसका कोई पता नहीं चला है।''

यह क़िस्सा सुनते ही ताप्ती के खलबली मच गयी। उसने झटके से उठते हुए घिघियाये स्वर में कहा, ''माँ जी! मैंने आपसे झूठ कहा था। सच तो यह है कि मैं और गंगा अच्छी सहेली हैं और मैं गंगा का घर भी अच्छी तरह जानती हूँ। माँ जी!

प्लीज उठिए और तुरन्त चलिए, पता नहीं वह अब तक ज़िन्दा भी है या नहीं?'' उसकी हड़बड़ी से काफी कुछ समझते हुए हमने सफलता के 'सबसे बड़े गुर' रतन बाईसा की शरण ली, और मंजु को साथ लेकर गंगा के घर की ओर चल पड़े। रास्ते में रतन बाईसा ने थाने से दो महिला कॉन्स्टेबल और एक इंस्पेक्टर को यह कहते हुए साथ ले लिया कि जब वे यह कह रहे हैं कि 'यहाँ कोई गंगा-फंगा नहीं रहती', तो साफ़ है कि वहाँ सीधी अँगुली से घी नहीं निकलेगा।

भविष्यद्रष्टा माता जी का फ़रमाया हुआ फ़रमान अक्षरशः सच साबित हुआ। क़ाफी धक्कामुक्क़ी के बाद, हम मुश्किल से उस घर में घुस पाए, पर वहाँ भी उसी पिछले दृश्य की पुनरावृत्ति हुई। दो कमरे के उस 'टापरे' (घर) में गंगा का कोई अता-पता नहीं था। हम अभी पुलिस से उन पर केस करने की चर्चा कर ही रहे थे कि रतन बाईसा का ध्यान गंगा के 'घरू-खेत' में रखे हुए 'गोलों' (धान रखने की बड़ी चीज़) की ओर गया। उन्होंने तुरन्त दहाड़ कर महिला पुलिस से कहा, ''दीदी! ज़रा उलटिए इन गोलों को।'' वे लोग 'ऐं! ऐं' करते हुए उन्हें रोकने को आगे बड़े, पर तब तक तो! एक में से गंगा का नग्न अवतरण हो चुका था। रतन बाईसा ने तत्क्षण अपनी शॉल उसके शरीर पर डाली और पूरी ताक़त से खींच कर एक ऐसा झापड़ उसके पति को मारा कि वह हट्टा-कट्टा जवान मुँह के बल ज़मीन पर जा गिरा। बाईसा का दूसरा करारा थप्पड़, पिता के सहधर्मा बड़े बेटे को पड़ने ही वाला था कि हमने मिन्नतें करते हुए उनका हाथ पकड़ लिया।

मनुष्य कितना पाशविक हो सकता है! कितना नीचे गिर सकता है! इसकी ज़िन्दा मिसाल, गंगा का शरीर था। उनके घातक प्रहारों के कारण वह बड़े-बड़े लाल-काले चकत्तों से पूरा भरा हुआ था। उसके टूटे दाँत और बालों की विचित्र हालत देखकर लग रहा था कि उन्हें ज़ोरों से खींच-खींच कर गंगा को भयंकर झटके खिलाए गये हैं, जिसकी वजह से वे ऊटपटाँग ढंग से टूट गये थे। उसकी दर्दनाक हालत देखकर बाईसा ने कहा, ''यह सब तो बाहरी चोटें हैं, अभी तो भीतरी डाक्टरी जाँच में देखना, क्या कुछ नहीं निकलेगा!''

हम सब इस घटना से सनाका-सा खाए हुए थे कि माता जी की वही कड़कदार आवाज़ फिर गूँजी, ''इंस्पेक्टर साहब! इन दुष्टों के शरीर पर से सारे ऊनी कपड़े उतारकर रख लीजिए, और किसी भी तरह इन लोगों को 'दुर्धर्ष अपराधियों' की कोठरी में डालने की 'बिध' (प्रबन्ध) बैठाइए।''

''मैं ऐसा कैसे कर सकता हूँ!'' सुनते ही माता जी ने उस इंस्पेक्टर को खा जानेवाली नज़रों से घूर कर कहा, ''इंस्पेक्टर महाशय! क्या मैं आपको बेवकफ नज़र आती हूँ, जो आप ऐसी बातें कर रहे हैं? हमारे साथ जो यह 'जवान लड़का' आया है ना! यह मेरा पोता, और कलकत्ते का नामी-गिरामी वकील है। इस मामले

में यह आपकी मदद करेगा।'' फिर उन्होंने अजय की ओर उन्मुख होकर कहा, ''अजय! इन दुष्टों पर जितनी भी दफ़ाएँ लगवा सको, लगवाना और इनके बड़े बेटे-बहू के लिए भी बड़ी से बड़ी सज़ा की तजवीज़ करना। ये सब एक नम्बर के नमकहराम बच्चे हैं, जो गंगा की कमाई और उद्यम से प्राप्त मकान पर कब्ज़ा किए बैठे हैं, अब जब वह अशक्त होने के कारण ख़ास कमा नहीं पाती, तो इन कमीनों ने अपने बाप के साथ मिलकर इसका यह हश्र कर दिया हैं! बेटा, ध्यान रखना, इन हत्यारों में से कोई भी बचने न पाए। वर्ना तुम मेरा 'सुभाव' तो जानते ही हो, मैं तुम्हें भी नहीं बक्शूँगी।'' अजय ने आदर और प्यार से बाईसा का कन्धा हिलाकर कहा, ''जाणूँ हूँ, दादी सा जाणूँ हूँ।'' (जानता हूँ, दादी जी! जानता हूँ।)

''गंगा, तुम सारे अत्याचारों की कहानी थानेदार जी को विस्तार से लिखवा दो, ताकि इन महिषासुरों को कठोर से कठोर सज़ा दी जा सके।''

बाईसा की इस उक्ति से सभी उपस्थित लोगों के चेहरे पर एक स्मित-मुस्कान खिंच गयी, क्योंकि बंगाल की ज़मीन और उस पर खड़ी यह शतरूपा देवी रतन बाईसा क्या किसी महिषासुर-मर्दिनी से कम थीं!

घटनाओं के तेज़ प्रवाह से अलग एक ओर खड़ी मैं सोच रही थी कि पच्चीस-तीस साल से रेल की आवाजाही में खाती-सोती गंगा ने मात्र अपने हाड़ ही नहीं, अपने सारे अंग-प्रत्यंग इन लोगों के लिए घिस दिए! और क्यों आज वही परिवार उसकी जान लेने पर तुला हुआ है? मेरे इस अनुत्तरित प्रश्न का उत्तर रतन बाईसा की ठोस कार्रवाई ने दे दिया। उनकी अनुभवी आँखों ने गंगा के बिना कहे ही काफी कुछ समझ लिया था, इसलिए काम को आगे बढ़ाने के लिए वे एक प्रश्नोत्तरी पर पुलिस के सामने गंगा से 'हाँ, नाँ' का ठप्पा लगवा रही थीं, ''गंगा! तुम सुबह साढ़े तीन बजे की रेल से पुष्पा के यहाँ पहुँचकर उसके सारे काम निबटाने के बाद, पास के एक विधुर डॉक्टर के यहाँ, खाना बनाने से लेकर उनके पूरे घर और बच्चों तक का सारा काम करती थी?''

''हाँ।''

''इसके बाद तुम श्रीमती सीकरी के यहाँ दोनों समय का खाना पका कर, फ्लैट और कपड़े साफ़ कर वापस पुष्पा के यहाँ शाम का सारा काम करने चली जाती थी?''

''जी।''

''तुम्हारा यही 'रूटीन' डॉक्टर साहब के यहाँ भी था?''...

''हाँ जी।''

इन प्रश्नों के उत्तर में गंगा की गरदन स्प्रिंग वाली गुड़िया की तरह 'हामी' में हिलती, और रतन बाईसा अपना नया पुराण शुरू कर देतीं, ''देर रात तक काम खत्म

कर, डॉ. साहब की अनुमति से एक 'पोलीथीन' की थैली में थोड़ा-सा भात और दाल लेकर भागती हुई तुम किसी तरह रात साढे ग्यारह बजे की रेल पकड़ लेती थी और रेल के तीन घंटों के सफ़र में से पाँच मिनट चावल निगलने में, और बाकी का समय सीट पर ऊँघते हुए बिताकर, घर पहुँचते ही घर की सफाई, बर्तन माँजना और खाना पकाना आदि सब एक साथ इस तरह शुरू कर देती थी, मानो तुम कोई चतुर्भुजा देवी हो। हाँ या ना?''

गंगा की 'हाँ' की प्रतीक्षा के बिना ही रतन बाईसा आगे बड़ गयीं, ''यह सब करते-कराते जब तुम्हें रात के तीन बज जाते थे, तब तुम चूल्हे पर चाय चढ़ाकर, गिरती-पड़ती-सी नहाने घुसती और गीले बदन पर साड़ी लपेट कर, बाएँ हाथ से थोड़ी-सी चाय सुड़कती हुई, इन असुरों का ताज़ा नाश्ता बनाने के साथ-साथ रसोईघर की पढ़ाई भी कर डालती और फिर तेज़ी से प्लेटफार्म छोड़ती ट्रेन को पकड़कर डिब्बे के एक कोने में धँस जाती। साथ लाई काग़ज़ में लिपटी सूखी रोटी को पानी में भिगो कर खाने के बाद, तुम अपने सारे अंगों को सिकोड़ एक गठरी-सी बनकर गहरी नींद में सो जाती। धन्यवाद उस भगवान का! कि तुम्हारा गन्तव्य स्टेशन अन्तिम था, इसलिए सहयात्रियों की पुकार से जागकर तुम फ़ुर्ती से स्टेशन पर कूदती और पुष्पा के घर की ओर दौड़ना शुरू कर देती। यही था ना तुम्हारा पूरा 'टाइम टेबुल' गंगा?''

गंगा ने कातर आँखों से चारों ओर देखते हुए जब धीमे से 'हाँ' कहा, तो रतन बाईसा ने तड़पकर कहा, ''गंगा, तुम क्यों इन अर्थ-पिशाचों के लिए इस तरह रात-दिन मरती-पड़ती रही? और आज ये पापी! इस उम्र में तुम पर चरित्रहीन होने का लांछन लगा रहे हैं? और ये ही कमीने! तुम्हारी जवानी के दिनों में, तुम्हारे कमाए धन को भकोसते हुए, कभी पलटकर भी तुमसे यह नहीं पूछते थे कि तुम पूरे दिन कहाँ थी? किसके साथ ऐय्याशी करके तुम इतना पैसा कमा लाती हो? आज जब तुम बूढ़ी हो रही हो और तुम्हारे 'हाण' (ताक़त) थक रहे हैं! तब ये बेहया-बेशरम अपनी पार्वती-स्वरूपा माँ पर दूसरों की शय्याशायिनी होने का आरोप लगा रहे हैं? ये तुम पर इतने अमानुषिक अत्याचार करते रहे, और तुम बेवकूफ! परिवार की इज़्ज़त के लिए चुप रही! ठीक?'' और इस बार गंगा की दर्द भरी मूक आँखों ने गर्दन हिलाए बिना ही 'हामी' भर दी।

अब क्या था? उग्र चंडिका बनी हुई, उन छह फुटिया हट्टी-कट्टी रतनदेवी ने बिना आगा-पीछा देखे, उन बाप-बेटों को धड़ाधड़, दाएँ-बाएँ और सामने-पीछे थप्पड़-घूँसे आदि मारने शुरू कर दिए। उनका चेहरा मारे क्रोध के लाल हो रहा था और उन्हें देखकर लग रहा था कि आज उनका रक्त -चाप ज़रूर ही उनके सिर में ऊँचा चढ़ गया है।

इस अप्रत्याशित अभिव्यक्ति से घबराए हुए पुलिसवाले और हम उलटे, उस 'विपद्तारिणी' से उन हैवानों की रक्षा करने में जुट गये। अजय 'बाईसा! थे (आप) कानून हाथ मै मत्ता (मत) लेओ!' कहकर उन्हें समझाते हुए बरजने लगा। ''काँई' (क्या) कानून?'' और एक धड़ाक घूँसा पति के सिर पर ''कानून! कानून! तुम्हारा, यह 'बालन जोगगा' (फूँक देने लायक) कानून! तब कहाँ 'बल' (जल) गया था, जब ये सब मिल कर इस 'गरीबधण' पर नृशंसतम अत्याचार कर रहे थे?'' कहते हुए रतन बाईसा! बातों का मज़ा लेते हुए मुहल्ले वालों की ओर मुड़ीं और बोलीं, ''दूसरों का घर जलाकर रोशनी करनेवालों के नाटक मैंने ख़ूब देखे हैं। शरम आनी चाहिए आप सब को जो आप लोग मुफ्त में अपने हाथ की 'खाज' (खुजली) मिटाने और गंगा की कमाई से हुई जलन को ठंडी करने के लिए इन निशाचरों के साथी बनकर इस गरीबणी को सताते थे। यदि आप लोगों में कुछ भी हया बाड़ी हो, तो जाइए, जाकर चुल्लू भर पानी में डूब मरिए और इंस्पेक्टर साहब! आप गंगा के घरवालों से तो मृत्यु पर्यन्त जेल में चक्की पिसवाइए ही, इनके इन तरफ़दारों को भी मत छोड़िएगा। ज़ुल्म में साथ देने के ज़ुर्म में, आप इन सब पर भी कड़ा ज़ुर्माना लगवाइएगा और 'इज़्जत हतक' के अन्तर्गत इनसे गंगा को मुआवज़ा भी दिलवाइएगा।''

''अजय! इसके बड़े बेटे वाला मकान अभी भी गंगा के नाम पर ही है, साथ ही यह घर और बगल का खेत भी इसके बाप द्वारा प्रदत्त 'स्त्री-धन' के अन्तर्गत गंगा के ही हैं। तुम इन सब को अच्छे दामों में बिकवा कर किसी आरामदायक वृद्धाश्रम में गंगा के रहने की व्यवस्था कर देना। याद रखना, इस पुण्य के बदले तुम्हें एक भी पैसा नहीं लेना है, क्योंकि पैसा तो सहज ही कमाया जा सकता है, पर पुण्य कमाने का अवसर कभी-कभार ही मिलता है।''

अभी हम आह्लादित होकर अपनी प्रसन्नता व्यक्त कर ही रहे थे कि बाईसा की आवाज़ फिर गरजी, ''हे इंस्पेक्टर साहब! इस काम को निबटाते ही, आप उस 'मारवाड़ी बहू' को भी ढूँढ़ना शुरू कीजिए। मेरा पक्का विश्वास है कि वह किसी भी हालत में मर नहीं सकती, क्योंकि उसके अन्धकारपूर्ण जीवन में बेटी रूपी दीपशिखा जल रही है। मैं अच्छी तरह जानती हूँ कि यदि आप लोग चाहें, तो एक परिंदा तक आप लोगों की नज़रों से बच नहीं सकता, फिर वह तो हाड़-माँस की जीती-जागती हुई एक जवान महिला है। वैसे मैं विधायक साहब से भी दरख़वास्त करूँगी, पर आशा करती हूँ कि आप मुझे निराश नहीं करेंगे और यथाशीघ्र ही कोई शुभ सूचना देंगे।

''अजय, तुम आज की सारी कार्यवाही सम्पन्न होते ही घर आकर मुझे सारी 'बिगत' (लेखा-जोखा) बता देना।''

इन सारे निर्देशों के बाद उन्होंने मुझे और सुमन को हलका-सा धकेलते हुए कहा, ''चलो, गाड़ी में बैठो! रास्ते में मुझे तुम लोगों की ख़बर लेनी है।'' उनकी इस धमकी से मेरे और सुमन के तो प्राण ही निकल गये और हम सोचने लगे कि लूटने आए थे शाबासी और मिल रही है डाँट-फटकार, पर अब उपाय भी क्या है? सोचती हुई मैं गाड़ी में आगे की सीट पर बैठने लगी, तो रतन बाईसा ने डपट कर कहा, ''ऐ पुष्पा! पीच्छ बैठ, अट्ठ मेर्र क्हन्नै (ऐ पुष्पा, पीछे बैठ। यहाँ मेरे पास।)।''

''मर गये!'' भुनभुनाती हुई, जब मैं उनके बगल की सीट पर बैठी, तो उनका मृदुल हाथ अपने सिर और पीठ पर महसूस कर चौंक गयी! हैं! यह कठोरमना महिला, भीतर से इतनी कोमल और ममत्व भरी हैं? मेरे चेहरे पर अचरज भरा भाव इतना सघन था कि बाईसा ने मुझे खींचकर अपने से चिपका लिया और कहा, ''बावली! (पगली)! मेरा यह क्रोध भरा स्वरूप मेरा 'स्थायी' नहीं, 'संचारी' भाव है, जिसका प्रयोग मैं बतौर बढ़िया अभिनेता करती रहती हूँ। हर स्त्री की तरह मेरे हृदय में भी माँ के प्रेमिल भाव भरे पड़े हैं, पर जब हम लोग अपने घर से निकल कर सामाजिक कामों की ज़मीन पर पैर रखते हैं, तब हमें कठोर धूप और तेज़ बारिश से अपना बचाव स्वयं ही करना पड़ता है। इतना ही नहीं, यदि हमें सफलता प्राप्त करनी होती है, तो हमारे लिए मान-अपमान आदि की भी कोई अहमियत नहीं होती। हमारी तैयारी तो यहाँ तक रहती है कि यदि कोई हमारे मुँह पर थूक भी देता है, तो हम उसे अनदेखा करते हुए रूमाल से पोंछ कर आगे बढ़ जाते हैं, क्योंकि हमारा लक्ष्य साम-दाम-दंड-भेद से मंजिल तक पहुँचना होता है, अपने सम्मान की रक्षा करना नहीं। सब जानते हैं कि अच्छे कामों के परिणामस्वरूप सम्मान तो ख़ुद ही दौड़ कर कर्ता तक आ जाता है।''

''माँ! हम तुम्हारे जैसे कैसे हो सकते हैं? तुम तो जहाँ जाती हो, लोग-बाग 'हड़क' (डर) कर उठ खड़े होते हैं और तुम्हारी डाँट का भी बुरा नहीं मानते। पर यदि हम ऐसा करें, तो वे हमें ही, दो-चार डंडे मार कर भगा देंगे।''

अपनी बेटी का यह वक़्तव्य सुन कर रतन बाईसा ने झुँझलाहट भरे स्वर में कहा, ''सुमन बेटा! समझ में नहीं आ रहा कि तुम पड़ी-लिखी होकर भी ऐसी मूर्खतापूर्ण बातें कैसे कर सकती हो? आज मैंने जो रुतबा और मुक़ाम हासिल किया है, वह मेरी चालीस वर्षों की तपस्या का फल है। और जानती हो कि मेरे कामों में कभी किसी का सहारा तो दूर की बात है, उनमें भाँजी ही ज़्यादा मारी गयी है। पर यदि मन में अपने काम के प्रति श्रद्धा और समर्पण हो, तो कंटकाकीर्ण ज़मीन पर भी फूल उग आते हैं। हाँ! आरम्भिक दिनों में कई बार इस तरह की ज़मीन एकाध रक्त की बूँद या दो-चार डंडों की माँग भी कर सकती है।

"पुष्पा! बुरा मत मानना, पर एयरकंडीशन कमरे में बैठकर जीवन की सच्चाई से रू-ब-रू होना कठिन है। मैं यह नहीं कहती कि तुम लोग ज़बर्दस्ती कठिनाइयों को निमन्त्रण दो, पर यदि वे आ ही जाएँ, तो डरो मत! अनचाहे ही सही, पर कभी भी पीछे मत हटना! ख़ुद को पूरी तरह झोंक देना उसमें! तभी तुम लोग कुछ सिद्ध कर पाओगी।"

सुमन और मैं, खिसियाना-सा चेहरा बनाए उन्हें लगातार देखते हुए रोंदले-से हो रहे थे कि उनकी प्यार भरी चपत हमारे सिरों पर पड़ी, "अरे मूर्खो! बातों ही बातों में, मैं यह तो भूल ही गयी थी कि आज तुम लोग दसवीं कक्षा की परीक्षा दे रही हो, एम.ए. की नहीं; इसलिए अब तुम्हें मैट्रिक स्तर का भाषण दूँगी। ऐ लड़कियाँ, ध्यान से सुनो! आज का ज़माना तुम लोगों के साथ है, अर्थात् तुम्हारे घरवाले, समाज और सरकार, सबके सब तुम्हारी सहायता करने को तत्पर हैं। आज के युग की सबसे बड़ी माँग 'गति' है, इसलिए कोई भी योजना बनाते ही उसे हाथों-हाथ कार्यान्वित कर डालो। सद्कर्मों की राह में यदि तुम्हें कभी कोई शारीरिक या मानसिक यंत्रणा सहनी भी पड़ जाए, तो क्या ख़ास बात है! सोचकर तुम लोग आगे बड़ते जाना, क्योंकि ऐसे दुष्कर कार्यों की सफलता पर जो अनुभूति होती है वह साधारण सुख नहीं! एक ऐसा आनन्द होता है, जो सदियों तक हमारी आत्मा को महकाए रखता है।

"बच्चों! आज सबकुछ ठीक-ठाक हो जाने के बावजूद, मैं तुम लोगों को एक उलाहना ज़रूर दूँगी कि यदि तुम लोगों ने कान्ता (पार्कवाली बहू) के 'केस' को ढंग से कार्यान्वित किया होता, तो वह यों ग़ायब नहीं हो सकती थी।"

यह सुनते ही हम दोनों के रुआँसे स्वर एक साथ फूट पड़े, "क्याऽ? क्याऽऽ? क्या कह रही हो माँ? बाईसा? आपने इतनी बड़ी बात कैसे कह दी?" और इन शब्दों के साथ ही हमारी आँखें भी पानी से 'टलटल' करने लगीं।

"सुमन-पुष्पा! यदि तुम लोग मेरे सुझाव का बुरा मानकर यों 'जी' घुटाओगी, तो मैं तुम लोगों को कुछ सिखाऊँगी कैसे? कहने को तो तुमलोग कहती हो कि तुम दोनों मेरी बड़ी भक्त हो, पर ज़रा-सा डाँटते ही तुम लोग 'थोबड़ा सुजा' (मुँह फुला) लेती हो। पर याद रखना! मैं भी ठहरी रतन बाई! महाज़िद्दियों की माँ! इसलिए तुम लोगों की सारी नाराज़गी को नज़रअन्दाज़ करती हुई मैं हमेशा तुम लोगों को तुम्हारी ग़लती बताती ही रहूँगी। अब 'रूसना-रासना' (रूठना) छोड़ो, और मैं तुम लोगों को घटना के दृष्टान्त से जो समझाऊँगी—उसे मन से सुनो।

"उस रोने-पीटने को सुनते ही, मैं, उस मकान में घुसकर, जोरों से गाड़ी का हॉर्न बजाती और अधिकार से वहाँ के चौकीदार को कहती, 'जाओ, जाकर अपने मालिक से कहो कि गोयनका हाउस से, 'बींदणी जी लोग' (बड़े घर की मारवाड़ी

बहुएँ) आया है।' इसके साथ ही पहले से समझाए हुए अपने ड्राइवर को इशारा कर देती कि वह पास के थाने से किसी टटपुँजिए-से सिपाही को कुछ पैसे देकर ले आए। इतने काम को मैं 'आधा गढ़ जीत लेना' मानती हूँ, क्योंकि ऐसे बदमाश लोग, भीतर ही भीतर बहुत डरपोक होते हैं। इधर मैं घर के अन्दर घुसती हुई रौब से उनसे कहती, 'भाई साहब! आपका चौकीदार बहुत ही बदतमीज़ है। इसे 'आपसरी' (बराबरी) वालों की बहू-बेटियों से बात तक करने का शऊर नहीं है। इसके बाद भी, यदि वे मुझे रोकने की कोशिश करते, तो मैं उन्हें धकियाती हुई अपने गन्तव्य अर्थात् पार्क से सटे हुए कमरे में घुस जाती। इसी बीच सिपाही के आ जाने से वे लोग 'औसान चूक' (हतप्रभ) होकर बुरी तरह घबरा जाते और मेरा पलड़ा भारी हो जाता। सौभाग्यवश, यदि वे आवाज़ें!... मात्र मेरा भ्रम सिद्ध होतीं तो भी मैं बिना झेंपे, उन सबको धन्यवाद देती हुई, बाहर आकर सिपाही के हाथ में एक नोट थमाकर उसे विदा कर देती।

"लेकिन मेरा अपना अनुभव है कि जब हमें अपनी अन्त:प्रज्ञा से कुछ ख़राब लगता है! तो वह नब्बे प्रतिशत तो बुरा ही निकलता है। रही बात कभी एक-आध गलत अन्देशा हो जाने की! तो दुनिया में क्या सभी कुछ 'फूल प्रूफ' होता है? हाँ! एक बात अपने अन्तर की गहराई तक उतार लेना कि इन कामों का प्रथम उसूल है 'डरे तो मरे', इसलिए साहस का पल्ला कभी मत छोड़ना।"

रतन बाईसा की दलीलों और तर्कों में इतना वज़न था कि उनसे हमारा मन हलका हो गया। सुमन ने बात बदलने के लिए गंगा वाली कहानी को आगे बड़ाते हुए पूछा, "माँ! यह बताए कि आपको गंगा की पूरी कहानी कैसे पता चली?"

"अरे भई! तुम लोगों ने देखा नहीं, घर से चलते वक़्त— मैंने ताप्ती को अपनी गाड़ी में बिठा लिया था! और फिर मैंने उस लम्बे रास्ते में उसके पेट से सारी बातें निकलवा लीं। देवियो! तुम लोग बेफ़िक्र रहो, अब तुम्हारी गंगा को कोई कष्ट नहीं होगा।"

जब किसी को मुँहमाँगी मुराद मिलने लगती है, तो उसका लोभ बड़ता ही जाता है, वैसे ही हम दोनों को जब रतन बाईसा सरीखी 'चिन्तामणि' मिल गयी थीं, तो हमारी इच्छाओं-आकांक्षाओं का वारापार कैसे रहता? इसलिए सुमन ने उनके आँचल की कोर को छोटे बच्चे की तरह मरोड़ते हुए कहा, "माँ! कान्ता? बीरो काँई हुस्सी (उसका क्या होगा)?"

बाईसा ने आकाश की ओर हाथ उठाकर कहा, "बीरै दरबार में अरदास तो करीं है, अब बीरी मरजी (भगवान के दरबार में अर्ज़ी तो पेश कर दी है, अब उसकी इच्छा)।"

क़रीब हफ्ते भर बाद गंगा ने हमें बताया कि उसके दोनों घर और खेत अच्छे

दामों में बिक गये हैं, और अजय ने पूना में सुविधाओं से सज्जित वृद्धाश्रम में एक 'स्टूडियो' (एक कमरे का फ्लैट) उसके लिए खरीद दिया है। यह बताते हुए, उसने कम से कम सात बार रतन बाईसा का नाम ले-लेकर ज़मीन की मिट्टी अपने माथे से लगाई होगी! मानो रतन बाईसा अगोचर भगवान की तरह वहाँ उपस्थित हों। उसका तन और मन आनन्द से छलके जा रहे थे, जिसे देखकर हम दोनों भी उस भाव-गंगा में तिरने लगे थे।

समय की गाड़ी अपनी पटरी पर ठीक-ठाक चल रही थी, लेकिन 'कान्ता की 'फाँस' हमारे हृदय-स्थल में कसकती रहती थी। तभी अचानक, एक दिन रतन बाईसा का यह पत्र आता है,

''चि. पुष्पा एवं सुमन! ढेरों आशीष। मैं यहाँ ठीक हूँ और चारों ओर के कामों में उलझी पड़ी हूँ। पर तुम लोगों का एक कर्ज़ चुकाना था, इसलिए यह चिट्ठी लिख रही हूँ

''मुझे अन्दाज़ है कि तुम दोनों नौसिखिया होते हुए भी पूरे मन से समाज का काम करना चाहती हो, इसलिए यदि किसी भी वजह से तुम लोगों का उत्साह भंग हो गया, तो समाज की बड़ी हानि होगी। यही कारण है कि उस दिन से मुझे एक क्षण भी 'जक' (शान्ति) नहीं पड़ी और मैंने दिल्ली तक हड़कम्प मचाकर, सड़क पर भीख माँगती कान्ता को 'खुजवा' (खोज) ही लिया। वह कहाँ मिली की 'पंचायती' (ख़ुर्दबीनी) छोड़ कर आगे की बात सुनो— मैंने कान्ता को पहले दिन से ही समझा दिया है कि यहाँ उसे सहानुभूति का नहीं, कर्मठता का आसरा लेना हांगा और उसे दिन में कम से कम सोलह घंटों का एक 'टाइम टेबल' बना कर कठोर परिश्रम करना होगा। मैं केवल कड़ाई-सिलाई आदि से पेट पालने के पक्ष में नहीं हूँ, क्योंकि वैसे तो पशु-पक्षी भी अपना और अपनी सन्तान का पेट पाल ही लेते हैं, लेकिन बुद्धि नाम की चीज़ केवल मनुष्य के पास है और मनुष्य बुद्धि का विकास शिक्षा से ही कर सकता है। अपने व्यक्तित्व के समग्र विस्तार के लिए मनुष्य का शिक्षित होना ज़रूरी है। शिक्षा से ही व्यक्ति विवेकशील बनता है और विवेक-जाग्रत मनुष्य ही स्वयं का और समाज का उन्नयन कर सकता है। किसी भी मनुष्य की जीवन्तता का एकमात्र साक्ष्य उसकी उच्चतर मूल्यों को पाने की अभीप्सा है। इसलिए उसे रात-दिन एक करके उच्चतम शिक्षा प्राप्त करनी ही होगी। बीकानेर के कॉलेज और विश्वविद्यालय में, उसे पहले पड़ना होगा और फिर उचित लियाक़त हासिल करने के बाद वहाँ पड़ाना भी होगा। आरम्भ में यदि वह चाहे, तो पढ़ाई से बचे हुए समय में अपने हस्त-शिल्प से थोड़ी-बहुत कमाई भी कर सकती है।

''लड़कियाँ! मैंने कान्ता को यह भी बताया कि नगरसेठ ससुर की इकलौती बहू होने के कारण, मैंने परिवार से प्राप्त सारी सम्पत्ति, स्त्रियों के विकास के लिए,

महिला स्कूल-कॉलेज, अस्पताल आदि खोलने में लगा दी है। इन कृतियों के कारण अब बीकानेर में हमारी अच्छी साख हो गयी है, जिसका लाभ उसे स्वत: ही मिलता रहेगा।

"मैंने उससे साफ़-साफ़ यह भी कह दिया है, कान्ता! तुम देखने में सुन्दर हो, इसलिए लालची भँवरों की पंक्तियाँ तुम पर मँडराएँगी, पर तुम उनसे हमेशा एक दूरी बनाए रखना। यह सोचकर कि बेटी को बाप का नाम मिल जाएगा, तुम विवाह करने में जल्दबाज़ी मत करना, क्योंकि अक्सर बच्चे को बाप तो मिलता नहीं, पर माँ का पाला किसी 'दु:शासन' से ज़रूर पड़ जाता है। बच्चों! मैंने ये सारी बातें कान्ता को अच्छी तरह रटवा दी हैं। मेरा विश्वास है कि कर्मठता, निष्ठा, प्रेम, समझदारी, अनुशासन और सजगता आदि अन्य सिद्धान्त तो वह अपनी जीवन यात्रा में यहाँ रहते हुए स्वयं ही सीख लेगी।

"प्रभु से प्रार्थना है कि तुम लोग धैर्यवान बनो! और कोई भी निर्णय भावावेश में नहीं, सच्चाई के कठोर धरातल पर स्थित होकर लो।

"यदि तुम लोग इसी प्रकार सच्चे मन से काम करती रहोगी, तो तुम लोग मुझसे भी बहुत आगे निकल सकती हो, क्योंकि आज समय तुम्हारे साथ है, तुम्हें सिर्फ उसका सही ढंग से उपयोग करना आना चाहिए। बहुत-बहुत प्यार। तुम लोगों की ही—रतन"

मैं और सुमन! बाईसा की चिट्ठी पढ़कर कुछ देर तक तो एकदम चुपचाप बैठे रहे, फिर यह कहते हुए तेज़ी से उठ खड़े हुए कि जल्दी चलो, समय भागा जा रहा है। इसके पहले कि हम अपनी धीमी गति के कारण पिछड़ जाएँ, हमें दौड़कर उसे अपनी मुट्ठी में पकड़ लेना है। प्रार्थना करनी है प्रभु से! कि वह हमारे रास्तों की विचलनों से हमें सतर्क करता रहे और हमारे अन्तर्मन को अपनी कृपा से इतना प्रकाशित कर दे कि हम बाहर के अन्धकार से अप्रभावित रहें। हम सदा सत्य मार्ग के पथिक बनें, और घृणा-द्वेष आदि भावनाएँ कभी भी हमारे 'स्व' की परिधि में प्रवेश न करें। हम भी बाईसा की तरह स्वयं समर्थ होकर, 'अप्प दीपो भव' होने का प्रयास करें।*

एक ज्योतित दीया

कार्तिक पूर्णिमा की देवदिवाली रात। बनारस की उत्तरवाहिनी गंगा के वक्षस्थल पर आस्था, प्रेम, मनोकामना, समर्पण और भक्ति के तैरते असंख्य दीये! पंक्ति बद्ध, तो कहीं पंक्ति को तोड़ कर त्रिशूल, सप्तर्षि मंडल, कैलाश शिखर, स्वस्तिक आदि रचते-बुनते। जल पर इतनी सघनता से फैले हुए थे कि गंगा का चौड़ा पाट नीहारिका समेत सारे नक्षत्रों से जगर-मगर करता हुआ, सजे-बजे आकाश-सा प्रतीत हो रहा था। आकाश के सौन्दर्य को भी मात देती उसकी एक और विशेषता यह थी कि आकाश के नक्षत्र गतिमान नहीं लगते, जबकि धरती का यह 'जलीय आकाश' तीव्र गति से चलायमान होकर अनेकानेक आकृतियाँ गढ़ रहा था।

हम आकुलता से पूर्णिमा के चाँद की प्रतीक्षा कर रहे थे, पर चाँद था कि उसे हमारी ज़रा भी परवाह नहीं थी। तभी किसी समझदार ने कहा, "अरे मूर्खो! पूनम का चाँद है—देर से उगेगा और अपनी सोलह कलाओं को धीरे-धीरे खोलेगा, इसलिए ज़्यादा छटपट मत करो।"

उनका कहना सही ठहरा। कुछ ही देर बाद पूर्व दिशा में धीमे से चाँद का गोला तो दिखा, पर पूरी तरह कांतिहीन! हे भगवान, यह फ़ीका, अधमरा-सा, गोल-मटोल फूले गालों वाला धूमिल गोला। यह भला पूर्णिमा का चाँद कैसे हो सकता है? और वह भी 'कात्तिक पुन्नो' का? इसी सोच में डूबे हम सब बजरा-यात्री उसे अनिमेष देखते हुए एक व्यर्थता बोध से घिरे जा रहे थे कि वह हमारी खिल्ली उड़ाता-सा, दसों दिशाओं और सम्पूर्ण आकाश को अपनी ज्योत्सना से चमकाता हुआ एक ज्योति-पुंज की तरह तेज़ी से ऊपर आया और अपने शीतल प्रकाश से हमारे नेत्रों को धन्य करने लगा। उसने अपनी किरणों से पहले समग्र दीपों को घेरा और फिर क्रमशः सीढ़ियाँ चढ़ता हुआ असंख्य दीपों से जगमगाते घाटों पर इतनी ज़ोरों से चमचमाने लगा, मानो धरती के दीयों के साथ उस आकाशीय दीये की बाजी लगी हुई हो। उस दिन माटी के उन दीयों के मात्र हम धरती-पुत्र ही पक्षधर नहीं थे, बल्कि बैकुंठ से झाँकते सारे देवता भी उनके साथ थे, क्योंकि ये दीये

'देवों' के थे, जो सदियों पहले उनके द्वारा 'देवदिवाली' पर काशी में प्रज्ज्वलित किए गये थे।

हलकी ठंड का ख़ुशनुमा मौसम और लौकिक-अलौकिक की इस आँख मिचौली से मन इतना आह्लादित हो रहा था कि भावों को शब्द दे पाना सामथल्य से परे लग रहा था। रोम-रोम सिहर रहा था और यों लग रहा था जैसे आनन्द-अमृत यही है, जो आकाश से बरस रहा है और जिसे पी-पी कर धरती अघा रही है। तभी अचानक कानों में एक ठेठ 'ऑक्सफ़ोर्डियन' अँग्रेजी में पूछा गया प्रश्न गूँजा, ''कैसी हैं आप? क्या देवदिवाली देखने काशी आई हैं?''

पलटकर जब वक़्ता को देखा, तो आँखें ठहरी रह गयीं। पुरानी, लेकिन क़ीमती बांग्लादेशी रेशमी जामदानी साड़ी पर जामेवर शॉल ओढ़े, गुलाबी रंगत की एक श्वेत केशा खानदानी महिला व्हील-चेयर पर बैठी नज़र आईं। कौन हैं ये पुराने ज़माने की रईस महिला, जो इतनी आत्मीयता से मुझे सम्बोधित कर रही हैं? मुझे अपने जिस स्मृति-कोष्ठ पर गर्व है, मैंने उसे भी ठकठकाया, पर जब वहाँ से भी कोई जवाब नहीं आया, तो मैं अपनी आँखों को सिकोड़ कर उन्हें इतनी गहराई से घूरने लगी कि उन्होंने मेरी असफलता देखकर उसी सधी अँग्रेजी में कहा, ''तुम्हारी याददाश्त का कोई दोष नहीं है, मेरे हालात ही ऐसे हैं कि मेरा परिचय गर्दिश की धूल से ढक जाए। मैं मिसेज मानू मुखर्जी हूँ, तुम्हारी मानू आंटी।''

ऐंऽऽऽ! लेडी मानू मुखर्जी! सर सोमेन मुखर्जी की धर्मपत्नी! कलकत्ता के उच्चस्थ समाज की वह अधिष्ठात्री देवी, जो अपने सौन्दर्य और कलात्मक अभिरुचि के कारण अनेकों की आँखों का तारा थीं, पर समवयस्क महिलाओं के हृदय में शूल-सी चुभती थीं, वही लेडी मानू मुखर्जी? यह हो ही नहीं सकता, उनकी मृत्यु हुए तो दस-पन्द्रह वर्ष हो गये हैं; तभी तो मध्य कलकत्ता के सबसे अभिजात्य मोहल्ले में, एकड़ों में खड़ा, उनका राजमहल-सा बँगला उनके दत्तक पुत्र अरणव ने एक बिल्डर को बेच दिया था। कहते हैं, उसने बड़ी चतुराई से उस बँगले के कई तीन-तलिया से लेकर पँच-तलिया बेल्जियम झूमर, बेशक़ीमती बड़े-बड़े ईरानी कालीन और दीवारों पर सजी हुई, एक से एक बड़े देशी-विदेशी चित्रकारों की पुरातन पेंटिंगों को भी करोड़ों-करोड़ रुपयों में बेच दिया था। उस समय कलकत्ता के धनाढ्य उच्चस्थ समाज में यह अफ़वाह भी ज़ोरों से फैली थी कि उस सारे समानात को देखने-परखने इंग्लैंड की प्रसिद्ध सोधबी कम्पनी के लोग स्वयं कलकत्ता आए थे।

तभी स्मृतियों के आकाश में वर्षों पहले की एक और घटना कौंधी। मिसेज मुखर्जी की एक आठ कैरटिया नीलाभ हीरे की अँगूठी की चोरी की ख़बर अख़बारों में छपते ही, अल्लाह जाने पुलिस ने कैसे आनन-फ़ानन में उस चोर को पकड़ लिया

था। पर आश्चर्यजनक ढंग से अख़बार में दूसरे ही दिन यह ख़बर भी आई कि अँगूठी चोरी ही नहीं हुई थी, बल्कि मिसेज मुखर्जी ने ही उसकी कीमत अँकवाने के लिए एक दुकानदार को भेजी थी। स्मृति-विभ्रम के कारण हुई इस भूल पर उन्होंने सार्वजनिक क्षमायाचना भी की थी। जहाँ तक मुझे याद है, लगभग चालीस वर्ष पहले उस अँगूठी की क़ीमत लाखों रुपये आँकी गयी थी। वैसे इस अँगूठी-चोरी वाली घटना के बारे में लोगों ने तरह-तरह के कयास लगाए थे कि इसमें ज़रूर कोई पारिवारिक भेद छिपा है, लेकिन जब मुद्दई सुस्त हो, तो गवाह की चुस्ती क्या काम आए, इसलिए उस भेद पर सदा के लिए रहस्यमयता का आवरण पड़ गया।

अचानक यादों की इस शृंखला में चलचित्र की तरह चलता-फिरता एक और दृश्य दिखाई पड़ा! जब लेडी मुखर्जी अपनी सुराहीदार गोरी गर्दन में अँगूठी के ही स्तर की एकल हीरों की इकलड़ी पहन कर, किसी ख़ास आयोजन में आतीं, तो साक्षात् 'मलिक़ा-ए-आज़म' लगतीं। उनकी लम्बी-छरहरी काया, सन्तानहीन यौवन और फ्रेंच शिफॉन की साड़ी में सजा-बजा अपरूप रूप वहाँ उपस्थित सम्पूर्ण पुरुष वर्ग को आन्दोलित कर देता। स्त्रियाँ जलीभुनी-सी दूसरे ही दिन, वैसे ही वस्त्रों से लदी दिखतीं, पर यदि कपड़ों की नक़ल करने से ही कोई रम्भा या उर्वशी बन पाती, तो फिर अप्सराओं की पूछ ही कैसे होती? वैसे भी सौन्दर्य सन्तुलन की जो अनूठी समझ लेडी मुखर्जी में थी, उसका कण मात्र भी साधारण स्त्रियों में नहीं होता। वे कभी भी गहनों-कपड़ों से लदी-फँदीं नहीं दिखती थीं। यदि गले में लड़ी होती, तो बुंदे नदारद रहते और केले के कच्चे स्तम्भ-सी बाँहों में या तो एक अनन्त होता या दोनों कलाइयों में वैसी ही एकल हीरक पंक्ति की दो चूड़ियाँ। उन्हें कभी भी सिर से पैर तक मूर्त्ति की तरह जड़ाजन्त नहीं देखा गया; वे 'रश्मि वलय सित' (सफ़ेद किरणों से बने) कंगनों-सी शोभित नज़र आतीं! हो सकता है, उन्हें भीतर ही भीतर अपने तौर-तरीके, रूप-सज्जा, सौन्दर्य एवं धन का अभिमान हो! पर उनके मृदुल व्यवहार और चेहरे पर सर्वदा विराजित मीठी-सी स्मित मीलों तक इसका आभास नहीं होने देती थी। हो सकता है उन्होंने तहज़ीब के गहन हिजाब से उसे ढक रखा हो, पर रोजमर्रा के जीवन में तो व्यक्ति का आचार-विचार ही मायने रखता है, इतर बातें नहीं।

ऐसे अमृत-से रूप का दीवाना कौन नहीं होगा? फिर भला मैं इसका अपवाद कैसे होती? पर बड़ों की महफ़िल में बच्चों का वर्जन होने के कारण हम बच्चों को अक्सर ही 'सरों' और 'लेड़ियों' वाली पार्टी से बाहर धकेल दिया जाता। लेकिन हम 'शैतान-बुद्धिमान' बच्चों की आँखें कहीं न कहीं कोई छिद्र ढूँढ़ ही लेतीं और हम उसमें अपनी आँख यों सटा देते, मानो वहाँ बस उस आँख का ही अस्तित्व हो, छिद्र का नहीं। लन्दन, पेरिस से मँगवाई गयी धुनों पर नाचते जोड़े हमें हमारे काँच

वाले खिलौने के भीतर घूमते राजा-रानी-से लगते। कट-ग्लास के जामों में ढली प्राचीनतम मदिराएँ, वाइन, मॉल्ट व्हिस्की और शैम्पैन उन सुन्दर-सुन्दरियों के होंठों का स्पर्श भर कर लौट आतीं! हमें यह सब एक परीलोक-सा लगता और बाद में हम सब एक-दूसरे के मुंड में मुंड मिलाए, महीनों तक, उनके लम्बे नाखूनों में उलझी सिगरेटों की और उनके बदन से आती खुशबुओं की चर्चा करते रहते। ऐसी पार्टियों का सर्वमान्य सिद्धान्त था कि इनकी जान केवल और केवल श्रीमती मानू मुखर्जी हैं। अक्सर लोग उनसे घिघियाकर विनती करते नज़र आते, ''एकमात्र तुम्हीं इस शहर की सर्वश्रेष्ठ 'पार्टी-चार्मर' हो। प्लीज, प्लीज ऑब्लाइज़ मी! क्योंकि यदि तुम नहीं आईं, तो मैं तो मारा जाऊँगा और मेरी महँगी पार्टी का सत्यानाश हो जाएगा।''

प्रत्युत्तर में जब लेडी मुखर्जी अपने होंठों को हलका-सा टेड़ा कर 'ओ.के.' कह देतीं, तो वह बन्दा मानो आई.सी.यू. (सघन चिकित्सा इकाई) से निकल कर दौड़ता नज़र आता।

हाँ, ऐसा ही था, लेडी मुखर्जी का जलवा।

स्मृति-नदी की लम्बाई-चौड़ाई बढ़ती जा रही थी कि फिर वही मधुर स्वर गूँजा, ''तन्वी, कहाँ हो तुम?''

मैंने चौंक कर मिसेज मुखर्जी के चेहरे को देखा और पथराई आँखों को मचका कर, मिसेज मुखर्जी को उसी तरह घूरते हुए कहा, ''आऽऽप? आप तो मर....'' कहने के पहले ही मैंने अपने मुँह पर हाथ धर लिया।

आश्चर्यजनक ढंग से, रुष्ट होने की बजाय, वे ज़ोरों से हँसते हुए बोलीं, ''मर गयी थी, यही ना? तन्वी, तुमने ठीक ही सुना था। अपने घरवालों के लेखे तो मैं मर ही चुकी हूँ।''

शायद मेरे चेहरे पर ढेरों प्रश्नों के संजाल ने सिलवटें चुन दी थीं। मिसेज मुखर्जी की प्रखर दृष्टि एवं तीक्ष्ण बुद्धि ने उसे तुरन्त भाँप लिया। उन्होंने सारी दुनिया के प्रेम से भरा हुआ हाथ मेरे कन्धे पर रखकर कहा, ''तन्वी शायद तुम मेरी कहानी सुनना चाहती हो?''

'यस मैम! यस मैम!' शब्दों के साथ ही, 'हाँ' में हिलती मेरी गर्दन को देखकर, उन्होंने मेरी बालसुलभ चपलता को पूरी इज़्जत देते हुए कहा, ''वाह! चलो सदियों बाद, कोई तो अपना मिला। तन्वी! यह लो मेरा ठिकाना, और एक अनुरोध है कि तुम कल सुबह का नाश्ता मेरे साथ ही करो।'' यह कहते हुए, उन्होंने अपने पीछे खड़ी साफ-सुथरी आया को बांग्ला में हिदायत दी, ''चोलो (चलो)!''

घर्र-घर्र करती उनकी 'चक्का-कुर्सी' के उस दृश्य से हट जाने के बावजूद, वे मुझे न जाने कब तक दिखती रहीं! कुछ देर बाद धीरे से अपने उलझे माथे और

गालों पर मुड़ी अँगुलियों को सीधा कर, मैं सुबह का इन्तज़ार करते हुए 'शिथिलगात' अपने ठिकाने पर जा कर तुरन्त सो गयी, और आकाश में अरुणिमा छाते ही काशी के घाटों की चहल-पहल को अदेखी आँखों से देखती, सात बजते न बजते उनके बताए हुए पते पर जा पहुँची।

उस बड़े मकान के आँगन के चारों ओर 'त्रिवारियों' (कमरे के सामने की खुली जगह) में खुलते, कई एक लम्बोतरे कमरे बने हुए थे। उन्हीं में से एक के सामने, मेज़पोश से लैस मेज़ पर चाय का सरंजाम सजा हुआ था। हालाँकि सब कुछ सादा-सा था, पर सलीखे और ज़रीने में पूरी नवाबी ख़नक थी। चार-पाँच गरम-गरम बनारसी कचौड़ियों और तीखी सब्ज़ी को तेज़ी से मुँह में ठूँसकर, मैं अपना बायाँ हाथ बार-बार प्रश्नवाचक मुद्रा में उठा रही थी। इस हड़बड़ी के कारण मुझे ज़ोर से 'उलसण' आ गयी और कौर गले में अटक जाने के कारण साँस उलझ गयी। वे मुझे सँभालने के लिए तेजी से मेरी ओर बढ़ीं और मेरी पीठ को ज़ोरों से सहला कर सिर को थपथपाते हुए बोलीं, "तन्वी! क्या तुम कभी नहीं सुधरोगी? मैं कहीं भागी तो नहीं जा रही, यहीं हूँ।"

हैंऽऽऽ! तो इन्हें मेरे बचपन की 'उलसणों' की भी याद है! या अल्ला, ये मानुषी हैं या जादूगरनी? इन्हें एक अदना-सी हैसियतवाली बच्ची के बचपन के दृश्य याद हैं? शरम से मेरा मुँह लाल हो गया और पानी का एक लम्बा-सा घूँट भर कर, बात को आई-गयी करने के लिए मैंने बेसाख़्ता कहा, "हाँ, तो मानू आंटी, नो, नो, लेडी मुखर्जी, सुनाइए।" मुझे बीच में ही हाथ के इशारे से बरजते हुए उन्होंने कहा, "मानू आंटी, प्लीज।"

"तन्वी, शायद तुम्हारे कॉलेज के दिनों में ही 'सर' साहब का देहान्त हो गया था।"

"हाँ आंटी। मैं भी तो माँ और मामा के साथ 'मुखर्जी राजबाड़ी' के उस भव्य श्राद्ध आयोजन में गयी थी। आह! श्वेत वस्त्रों में आप एक साथ ही मानसरोवर की हंसिनी और देवी सरस्वती दोनों लग रही थीं। आपकी घनी केशराशि पीठ पर खुली पड़ी थी और आपकी कमल-सी बड़ी-बड़ी आँखें सुर्ख़ थीं।"

कहते हैं काशी को पाशल्व में छोड़ कर आगे निकलती गंगा को टंकेश्वर महादेव ने त्रिशूल से रोक कर उत्तरवाहिनी बना दिया था। मानू आंटी ने ठीक उसी तरह अपने वर्जना भरे हाथ से मेरी भावगंगा को वहीं रोक दिया। तत्क्षण अपने मन के घोड़ों को धैर्य की वल्गा से कस कर, मैं माफ़ी-मुद्रा में एकटक उनकी ओर देखने लगी।

"तन्वी, मनुष्य सुख में तो अनन्त काल तक रह सकता है, पर दुख में नहीं। 'सर' साहब के जाने के बाद, न तो मेरा मन पार्टियों में लगा और न ही किसी

आमोद-प्रमोद में। और मैं अपने जीवन को कोई अर्थ देने के लिए आकुल हो उठी।''

''मानू आंटी, आपने तो उन दिनों कलकत्ता में कई एक कला वीथियाँ खोली थीं और साथ ही एक बड़ा-सा अद्वितीय कला-संकाय भी बनाया था। सच मानिए, कलकत्तावासी आज भी इन प्रतिष्ठानों की सराहना करते नहीं थकते।''

''हाँ! यह मेरा सौभाग्य है कि प्रभु कृपा से इन एकाध अच्छी चीज़ों को बनाने का निमित्त मैं बनी, पर सुबह से रात तक प्रत्येक क्षण को उद्दाम उत्साह से जीती मैं रोज़मर्रा के व्यापारिक और पारिवारिक झंझटों से थक-सी गयी थी।

''मैंने लम्बे विदेश भ्रमण का विचार किया और जब अरणव को सारा राज-पाट सँभला कर जाने लगी, तो घर से निकलते वक़्त, उसने एक 'पॉवर ऑव अटर्नी' मेरे सामने रखकर कहा, 'मात्र व्यापार की आपातकालीन स्थिति में प्रयोग के लिए आप इस पर हस्ताक्षर कर दीजिए, पता नहीं, कब क्या ज़रूरत आ पड़े।' उन दिनों अरणव और सुचरिता मेरा इतना ख़याल रखते थे कि कोई सगा बेटा भी क्या रखेगा। मैंने सरसरी नज़र से काग़ज़ों को देखा और आज तक बिना पढ़े किसी संस्था के पत्र पर भी हस्ताक्षर न करने वाली मैं पता नहीं कौन सी रौ में उसकी इन बातों में आ गयी, और मैंने उन काग़ज़ों पर आँखें मूँद कर हस्ताक्षर कर दिए। यह तो बाद में पता चला कि इस हक़ीकत के पीछे एक गहरी साजिश छिपी थी।

''तीन महीने बाद, मैंने दिल्ली से अरणव को फ़ोन किया, 'तुम बनारस आ जाओ, कुछ दिन यहाँ रुककर सब साथ ही कलकत्ता लौट चलेंगे'।

''राम जाने! उस रात पाँच सितारा होटल के मेरे कमरे में क्या घटा कि मैं दूसरे दिन सुबह वहाँ अचेत पड़ी पाई गयी। चूँकि बाक़ी घरवाले रात को ही 'चेज़ आउट' (हिसाब चुकता) कर नदारद थे, इसलिए होटलवालों ने मुझे एक सरकारी अस्पताल में भर्ती करवा दिया। बाद में पता चला कि अरणव ने वहाँ अपने घर-ऑफिस का फ़ोन नम्बर, पता आदि भी नक़ली लिखवाए थे, इसलिए लाचार होकर होटलवालों को यह क़दम उठाना पड़ा था।

''करम ख़ुदा का कि वहाँ सड़ कर भी मैं मरी नहीं, पर होश आने पर, फ़ालिज मारे पाँवों के कारण, उठ नहीं सकी। अरणव को हज़ारों सन्देश भेजे, पर सब बेकार। पीहर-ससुराल में कोई था नहीं और यार-दोस्त मुझे मरा हुआ मान बैठे थे।''

''आंटी, माँ और मैं भी आपके श्राद्ध में फूलों का बड़ा-सा गुच्छा लेकर गयी थी। शहर में जगह-जगह शोक सभाएँ भी हुई थीं, पर एक बात समझ में नहीं आती कि फिर आपने अपने गरीबी मित्रों से सम्पर्क क्यों नहीं किया?''

''तन्वी, लक़वे के कारण मेरे मस्तिष्क का स्मृतिवाला हिस्सा काफी कुछ नष्ट हो गया था और मुझे अरणव को छोड़कर किसी का भी नाम-पता याद नहीं था।''

''आंटी, क्या आपको पता है, आपका मकान 'हेरिटेज' घोषित होने के कारण तोड़ा नहीं जा सका, तो भी अरणव ने पूरी तरह उसकी 'श्री' का लुंठन कर दिया है। अब तो उसके पाशल्व में एक पन्द्रह मंजिला शानदार भवन भी बन गया है। पर एक बात समझ में नहीं आ रही कि इतनी पढ़ी-लिखी होकर भी आप ऐसी बदहाली में क्यों जी रही हैं? ख़बर है कि उस मकान को बनानेवाले और ज़मीन बेचनेवाले, दोनों को ही अथाह सम्पत्ति प्राप्त हुई है, तो फिर आप अपने अधिकारों के लिए लड़तीं क्यों नहीं?''

मेरे क्षोभ को नज़रअन्दाज़ करते हुए उन्होंने एकदम शान्त स्वर में कहा, ''तन्वी, दर्शन का एक सिद्धान्त है कि जीवन में जो घटे उसे सहजता से स्वीकार करो। मुट्ठी से यदि रेत फिसल जाए, तो क्या उस रेत को फिर से पूरी तरह बटोरा जा सकता है? उसी तरह जीवन की गति भी है। यदि वह आपके वर्तमान का नहीं, अतीत का हिस्सा है, तो उस भूतकालीन शिला पर सिर पटक कर, स्वयं को आहत मत कीजिए, बल्कि यथाशीघ्र अपने टूटे-फूटे वर्तमान से ही अपने भविष्य के सुन्दर प्रारब्ध को रचिए।''

''आंटी, क्या दर्शनशास्त्र में लिखे हुए ज्ञान को जीना बहुत सहज है? इन सारी बातों को किताबों के पन्नों में बन्द कीजिए और उठिए। मैं आपके साथ हूँ और अभी वक़ील को बुलाती हूँ, ताकि हम यथाशीघ्र अरणव पर केस कर सकें।''

''तन्वी, तुम किस पर केस करोगी? क्या तुम्हें पता नहीं कि अरणव देश से फ़रार है और किसी घोटाले या षड्यंत्र के कारण भारत सरकार भी उसे ढूँढ़ रही है?''

मेरी लम्बी-सी 'हैंऽऽऽ' का मज़ाक उड़ाते हुए मानू आंटी बोलीं, ''छोड़ो यह सब। अन्दर आओ और मेरा सुन्दर भविष्य रचते हुए मेरे वर्तमान को देखो।''

उनका कमरा आकार में छोटा होने के बावजूद गंगा की ओर खुलती खिड़की के कारण ख़ूब हवादार था। उसमें एक एयरकंडीशनर भी लगा हुआ था। कमरे के बीचो-बीच एक मेज़ रखी थी, जिस पर एक कम्प्यूटर विराजित था।

''आंटी, इस साधारण-से ठाट-बाट के लिए भी पैसा कहाँ से आया? और अब आपका रोज़मर्रा का खर्च कैसे चलता है?'' पूछने पर उन्होंने बताया, ''तन्वी, तुमने तो सुना ही है कि 'मरा हाथी भी सवा लाख का' होता है, कई एक कहावतों की तरह ही यह कहावत भी एकदम सच है। एक दिन मैं अपने 'टॉयलेट किट' (प्रसाधन बॉक्स) को खँगाल रही थी कि मखमल की एक मैली-कुचैली-सी थैली मुझे मिली। सालों से मेरी एक आदत रही है कि मैं मखमल की छोटी-छोटी थैलियाँ सिल कर, उनमें अपने बचे हुए छोटे-बड़े हीरे डालकर, उन्हें दोबारा अच्छी तरह सिल कर रख देती थी। इससे न तो हीरों की कान्ति कम होती थी, न ही वे

इधर-उधर होते थे। अभ्यासवश जब मैंने उस पुरानी-धुरानी थैली को अँगुलियों से टटोला, तो मुझे सहसा अपनी अँगुलियों पर विश्वास ही नहीं हुआ। मैंने इसे अभावजन्य भ्रम मानते हुए जब उसे खोलकर उलटा, तो मेरी आँखें चौंधिया गयीं। कुछ क्षण किंकर्तव्यविमू?-सी बैठी मैं उनका इतिहास ढूँढ़ती रही कि अचानक मुझे याद आया, विदेश यात्रा के समय, मैंने कई एक बड़े-बड़े हीरे, बतौर 'विपत्तिकालीन सुरक्षा निधि' के, उस थैली में डालकर सिल दिए थे।

"क़िस्सा कोताह यह कि मैंने वे हीरे लाखों-लाख में एक ज़ौहरी को बेचकर, वे रुपये पोस्ट ऑफिस में जमा कर दिए हैं। अब हर महीने मेरे पास अच्छा-ख़ासा ब्याज आ जाता है, और कभी-कभार किसी ख़ास ज़रूरत पर, मैं मूल रकम से भी थोड़ी सी राशि तोड़ लेती हूँ। इसके अलावा मेरी जिस कहन शैली की तुम दीवानी थीं, उसकी वजह से भी मैं यहाँ के विदेशी टूरिस्टों की नम्बर वन गाइड बन गयी हूँ।"

"बाप रे! आपकी कहानियाँ... ओह!"

"हाँ! (उसी बाप रे भंगिमा में) मैं यहाँ की बाईजियों की; तवायफ़ों की; भूतों की; बड़े आदमियों के अन्तरंग कारनामों और बलिदानों की; बी.एच.यू. के ऐतिहासिक पन्नों की; सारनाथ और बौद्ध धर्म के इतिहास की; अर्थात् चाहे जो विषय हो, सबको; अपनी ज़ुबान के जादुई डिब्बे में रूप-कथाओं की तरह बन्द रखती हूँ और मेरी डुगडुगी बजने के बाद, जैसे ही पर्यटक की आँख उस डिब्बे के किसी एक गोल पर 'फिट' हो जाती है, मैं अपनी अन्तहीन कहानियाँ शुरू कर देती हूँ। प्राचीन हो या अर्वाचीन, वैदिक हो या पौराणिक, लौकिक हो या अलौकिक, साहित्यिक हो या सांस्कृतिक—मैं सारे तथ्यों को कल्पना की सान पर चड़ाकर धार दे देती हूँ और फिर मेरी कहानियाँ मीठी कटार-सी हृदय की गहराइयों में धँस जाती हैं। देखोगी मेरा 'शेड्यूल' (दैनन्दिन कार्यक्रम)?"

उनका पैड देखकर मेरी आँखें विस्फारित रह गयीं—ऐसी पूछ? महीनों तक, एक दिन भी खाली नहीं। मैं हक्का-बक्का-सी कभी उस काग़ज़ को, तो कभी उनके चेहरे को देख रही थी कि उन्होंने बात आगे बढ़ाते हुए कहा, "तन्वी, इतना ही नहीं, अब तो मेरी ऐसी तानाशाही चलती है कि तबीयत उचाट होने पर मैं अपने 'टूर गाइड' को पर्यटकों के साथ यहीं बुला लेती हूँ, और उन्हें मानचित्रों और फोटो के साथ, उस पूरे दिन के भ्रमण का इतिहास और भूगोल; नदी की रवानी की तरह बहती हुई कथा शैली में सुना देती हूँ। वे सभी लोग थोड़े-बहुत नोट्स लेकर 'थैंक्स!' कहते हुए ख़ुशी-ख़ुशी गाइड के साथ चले जाते हैं। मैं उस दिन की कमाई से उस 'टूर-गाइड' को कुछ कमीशन पकड़ा देती हूँ, ताकि उसे मेरा न जाना भारी नहीं लगे।"

"और यह कम्प्यूटर?"

"अरे हाँ! इससे इन्टरनेट की सूचनाएँ लेने के अलावा मैं इस पर बड़े कलेवर का एक उपन्यास भी लिख रही हूँ, जिसका कॉपी राइट 'हार्पर कॉलिन्स' ने ख़रीद लिया है और उसके एवज़ में मुझे एक मोटी-सी अग्रिम राशि भी दे दी है।"

"यह सब तो ठीक है, आंटी, पर कहाँ वह राजमहल और कहाँ यह छोटी-सी 'कमरिया'!"

"तन्वी, ध्यान से सुनो और गुनो! सदा याद रखना कि जीवन की नदी को बहने देना ही अक्लमन्दी है। धारा के विपरीत जाने में शक्ति का जो क्षय होता है, यदि हम उसे रचनात्मक और सकारात्मक कामों में लगा दें, तो चमत्कार कर सकते हैं। एक बात और याद रखना कि सुख चीजों में नहीं होता, उसकी उपस्थिति को मानने में होता है। क्या राजभवनों में रहनेवाले सभी लोग सुखी होते हैं?"

"सच मानो तन्वी, मैं कोई मिथ्या प्रदर्शन नहीं कर रही हूँ और न ही मैंने संन्यास लिया है। मैं आज भी पूरे रस से जीवन को जीती हूँ और मेरी सारी ज्ञानेन्द्रियाँ और कर्मेन्द्रियाँ पूरी तरह तृप्त हैं। रंग, रूप, रस, गन्ध; सबको मैं पूरी तरह भोगती हूँ और जितना बन पड़ता है, उतना दूसरों का भी करती हूँ! मैं तुम्हारे सिर पर हाथ रखकर कहती हूँ, मैं महासुखी हूँ!"

इसके बाद आंटी ने मुझे काशी के विधवा आश्रमों की सच्चाई से रू-ब-रू करवाया। उन्होंने कहा, "मेरी हार्दिक इच्छा है कि मैं इनकी मुक्ति के लिए कुछ कर पाऊँ। वैसे तो मैं अपने धनी 'टूरिस्टों' से इनकी आर्थिक सहायता करवाती रहती हूँ, पर इसे बड़े पैमाने पर सुनियोजित ढंग से सँवारने की बहुत ज़रूरत है। मैंने बनारस से कुछ ही दूर पर बाबतपुर गाँव में सरकार से एक बड़ी ज़मीन की 'ग्रान्ट' के लिए दरख़्वास्त भी की है। हाल ही में, सरकारी विदेशी मेहमानों के एक बड़े दल को मैंने कई दिनों तक काशी की घुमक्कड़ी भी करवाई थी। मेरी योजना सुनकर, उनके साथ आए मन्त्री महोदय ने वादा तो किया है कि वे मेरी मदद करेंगे। पर देखो, क्या होता है, जैसी उसकी मर्ज़ी!" कहते हुए उन्होंने अपने दोनों हाथ चैतन्य महाप्रभु की तरह समर्पण मुद्रा में आकाश की ओर उठा दिए।

हाल ही में जब उनसे फ़ोन पर बातचीत हुई, तो पता चला कि उन्होंने एक बड़े विधवा आश्रम का पर्दाफ़ाश कर वहाँ की विधवाओं का उद्धार कर लिया है।

फिलहाल वे सरकार द्वारा प्राप्त ज़मीन पर झोपड़ियाँ बनाकर, उन महिलाओं को अनेकानेक हस्त-शिल्प सिखाने का उद्यम कर रही हैं। बनारस की विलुप्त कला ही नहीं, बल्कि अन्य अनेक प्रदेशों के विविध शिल्प कौशलों को सिखाने के लिए कारीगर भी वे समय-समय पर बुलाती रहती हैं, ताकि वे सब पूर्णतः आत्मनिर्भर बन सकें। भविष्य में तैयार माल को 'ऑनलाइन' बेचने की योजना भी उन्होंने तैयार

कर रखी है। बुरी ख़बरों की तरह ही कई बार अच्छी ख़बर भी मीडिया द्वारा लोगों तक पहुँच जाती है। परिणामस्वरूप कुछेक अन्य स्वयंसेवी संस्थाएँ भी उनकी सहायता करने में जुट गयी हैं। अब बनारस ही नहीं, अन्य धार्मिक स्थलों और शहरों की विधवाओं को भी वेश्यावृत्ति और भिक्षावृत्ति से बचाने के लिए उनके कार्यकर्ता चारों ओर घूम रहे हैं। वे यह भी कोशिश कर रही हैं कि उनके इस 'प्रोजेक्ट' (योजना) में 'यूनिसे?' भी मदद करे।

अभी-अभी उड़ती-सी एक ख़बर यह भी आई है कि उनकी पुस्तक को 'बुकर पुरस्कार' के लिए मनोनीत किया गया है।

चमत्कृत-सी मैं सोच रही हूँ क्या सच ही हम अपना भविष्य स्वयं रच सकते हैं? और क्या कभी एक खंडित दीये का प्रकाश देवताओं के असंख्य दीयों पर भारी पड़ सकता है?'

अ-श्रवणकुमार

चारु को कुछ अन्दाज तो था कि माँ की श्राद्ध-सभा में सुजय के दो-चार धनाढ्य परिचित आएँगे; लेकिन गाड़ीवालों की संख्या इतनी बड़ी होगी, यह उसके अनुमान के परे था। रविवार का दिन होने के बावजूद उसने बड़ी मुश्किल से गाड़ियों की भीड़ में अपनी गाड़ी खड़ी की और एक लम्बी साँस खींचकर सुजय के मकान की ओर चल पड़ी। पर ज़ीने की ओर बढ़ते ही उसके पैर पत्थर-से भारी हो गये; जिस फ्लैट को अस्तित्व में लाने और सजाने के लिए उसने जिस सीढ़ी पर अनगिनत बार चढ़ाई-उतराई की थी, उसी सीढ़ी की एक-एक 'पेड़ी' उसे पहाड़-सी लगने लगी। वैसे, इस स्थिति के लिए कोई और नहीं स्वयं चारु ही जिम्मेदार थी। बातचीत में सहज, चपल और वाचाल, लेकिन कर्म में गहन-गम्भीर चारु में एक विचित्र-सी आदत थी कि वह नुक्कड़ पर बैठे भुट्टेवाले; सड़क पर फूल बेचते माली; बिल्डिंगों के दरबानों और ड्राइवरों से आत्मीयतापूर्ण बातें करती रहती और फलस्वरूप किसी न किसी झमेले को न्योता दे डालती। उसकी इस आदत से घरवाले परेशान तो थे, पर उसके इन अडंगों को उसकी सघन संवेदनशीलता के खाते में डालकर वे उसे माफ़ करते रहते। कभी-कभार इनमें से किसी की बेजा हरक़त से चारु बौखला भी जाया करती थी, पर उनकी मजबूरियों के बरअक्स उसे ये धोखे बहुत छोटे लगते और वह उसी सहजता से वापस उन गलतियों को दुहराने बैठ जाती। आज का यह दुख भरा क्षोभ भी उसके इसी स्वभाव का फल था।

सीढ़ी की रेलिंग को पकड़कर खड़ी चारु के स्मृति-पटल पर कई नए-पुराने दृश्य कौंधने लगे। उसे याद आया- जुम्मा-जुम्मा कल की ही बात है, जब चारु ने ग्रामीण भाव से भरे सुजय पर अपनी सारी ममता उड़ेलते हुए उसे यह समझाया था कि यदि अच्छी कमाई करनी है, तो उसे अपना अधिक से अधिक समय कलकत्ता में ही बिताना चाहिए। मुफ़स्सिल हालीशोर से सुबह तीन बजे की ट्रेन में लगभग चार घंटे खर्च करके कलकत्ता आना और एकाध ट्यूशन करके घर भागने में उसके समय का बहुत बड़ा हिस्सा बर्बाद हो जाता है। इसलिए समय के इस अपव्यय को

रोकना होगा। पर कैसे?

कई तरह से विचारने पर चारु ने यही निष्कर्ष निकाला कि सुजय को कलकत्ता में ही कोई 'ठीया' ढूँढ़ना होगा! पर बड़े शहर में आदमी के रहवास का इन्तज़ाम अत्यधिक महँगा होता है! इसलिए चारु ने बतौर एक 'मेक-शिफ्ट' (कामचलाऊ) उपाय के सुजय के दोपहर के नहाने-खाने आदि की व्यवस्था अपने पिछवाड़े के क्वार्टर में कर दी। देखते ही देखते सुजय शतरंज का 'अमर प्यादा' बनकर हाथी, घोड़ा, ऊँट आदि सारे मोहरों की चाल चलना सीख गया। चूँकि सुजय के पास एक झूठी-सच्ची फिज़ियोथेरैपी (शारीरिक चिकित्सा) की डिग्री थी और साथ थी अदम्य जिजीविषा, मेधा और कर्मठता, इसलिए चारु ने अपने परिचय से उसे ढेरों-ढेर ट्यूशन दिलवा दिये। सुजय ने भी रेस के घोड़े की तरह 'सरपट' दौड़ने में कोई कसर नहीं छोड़ी। उसने सुबह छह बजे से रात के आठ बजे तक अपने कई कद्रदान ढूँढ़ लिए और रात-दिन पैसा कमाने में जुट गया। उसकी अच्छी कमाई देखकर चारु ने उसके लिए शिवपुर में किराए का एक छोटा फ्लैट जुगाड़ कर दिया और अपने स्टोर से काम लायक फर्नीचर छाँटकर उस फ्लैट में सजा दिया। दाम आँकने पर शायद वह सामान हज़ारों में बैठता। पर पड़ी चीज़ को बेमोल समझकर दे देना सहज होता है, इसलिए चारु के घरवालों ने भी इस बात को कोई ख़ास तवज्जुह नहीं दी।

हालीशोर से सुबह तीन बजे की ट्रेन में सोता, मरता, पड़ता, सुजय, अब रोज़ सुबह आराम से गरम नाश्ता करके काम पर निकलता और श्रम-विश्राम का तालमेल बिठाते हुए आजीविका की पगडंडी से निकलकर, समृद्धि के 'हाईवे' पर तेज़ गति से आगे बढ़ने लगा। चारु उसकी उपलब्धि पर इसलिए ज्यादा खुश थी कि उसके हिसाब से सुजय एक बहुत ही बढ़िया आदमी था। उसमें गरीबों के लिए सेवा भाव था और वह अपनी माँ और परिवार से बेइन्तहा प्रेम करता था। उसके इन गुणों के कारण चारु कई बार विनोद से अपने मित्रों से उसका परिचय 'आधुनिक श्रवण कुमार' कहकर भी करवाती थी।

सुजय की तेज प्रवाह से बहती दिनचर्या और कमाई से चारु इतनी अधिक खुश थी कि कभी-कभी उसके पति उसे छेड़ते हुए कह भी देते 'तुम मेरी कमाई से तो कभी इतनी खुश नहीं हुई?'

दो साल बीतते न बीतते सुजय ने अच्छा-ख़ासा पैसा जमा कर लिया। इसका रहस्य था— कम खर्च और सर्वाधिक बचत। मसलन यदि अभी गैस सिलिंडर के पैसे दुगुने लग रहे हैं, तो फिलहाल गैस का चूल्हा और सिलिंडर चारु से माँग लिया जाएगा!... बेटे की स्कूल-फ़ीस माफ़ करवानी है, तो चारु और उसके मित्रों के रसूख़ का लाभ उठा लिया जाएगा। सुजय की प्रखर प्रत्युत्पन्नमति से उपजे ऐसे ढेरों

सहज उपायों से उसकी गाड़ी 'सम्पत्ति-संग्रह' के राजमार्ग पर तेजी से आगे बढ़ गयी थी। एकाध बार चारु को लगा भी कि सुजय में कुछ बदलाव आ रहा है वह कुछ लालची हो रहा है, उसका सेवा-भव कम हो रहा है, अब वह आत्मकेन्द्रित होकर अधिक से अधिक पैसे बटोरने के चक्कर में रहता है। लेकिन इन नकारात्मक विचारों के बादल जब भी चारु को घेरते, तो वह यह कहकर उन्हें उड़ा देती कि शायद वह इस मामले में अतिशय छूऊ (टची) हो रही है और सुजय की थोड़ी-सी मदद करने के एवज़ में वह खुद को उसका मसीहा ही मान बैठी है। आख़िर हर आदमी का अपना नज़रिया होता है। अपने निर्णय होते हैं। और फिर यह ज़रूरी तो नहीं कि चारु के मापदंड ही सही हों, विचारों के इस द्वन्द्व में जीत सर्वदा सुजय की ही होती और चारु के मन की निर्मलता वापस लौट कर फिर से सुजय नाम की माला गले में लटका लेती।

कभी-अधकभी चारु के मन में यह विचार भी आता कि आसक्ति की सीमा को छूता यह मोह ठीक नहीं है। आजकल जब खुद के जाए और पोसे बच्चे ही पारिवारिक संस्कारों को धता बता रहे हैं, तो सुजय से ऐसी अपेक्षाएँ रखना क्या ठीक है? यदि चारु की ये आशाएँ हताशा में बदल गयीं, तो कहीं वह अवसाद के गर्त में तो नहीं डूब जाएगी? लेकिन तभी सुजय की किसी मीठी बात का चमकता सूर्य उसकी सारी चिन्ताओं के घटाटोप को भेद देता और बस! भावों से उच्छलित चारु का स्नेह-प्रपात और भी तेज़ गति से बहने लगता।

एक दिन सुजय ने मध्य कलकत्ता के अभिजात्य मोहल्ले में फ्लैट खरीदने की इच्छा जाहिर की। उसके मुँह से यह बात निकलते ही चारु ने तुरन्त इस काम में माहिर अपने मित्रों से मदद की गुहार की। उन लोगों ने सुजय के प्रति चारु के मोह को दृष्टिगत रखते हुए उसे आनन-फ़ानन में संगे-मरमर जटित दो कमरों का एक रईसी फ्लैट बाज़ार से काफी कम दामों में खरिदवा दिया। चारु ने रियायती दरों पर बड़ी फ्रिज, स्प्लिट ए.सी., वाशिंग मशीन आदि वस्तुएँ लाकर उस फ्लैट को सारी सुविधाओं से सम्पन्न एक भरा-पूरा घर बना दिया। फ़र्नीचर तो पहले से था ही। बस, एक पलंग कम था, सो वह भी चारु अपने भाई के यहाँ से माँग लाई। इसी तरह सोफ़ा, कार्पेट, पर्दे आदि का भी इन्तज़ाम हो गया और सुजय का वह फ्लैट अच्छे-अच्छे उच्चमध्यवर्गीय फ्लैटों पर भारी पड़ने लगा।

गृह प्रवेश के अवसर पर चारु ने उपहारस्वरूप अपनी ओर से सारे नाश्ते का प्रबन्ध करवा दिया था। अब बारी थी, इस शुभ अवसर पर आत्मीय-स्वजनों को उपहार देने की। चारु ने सुजय के साथ बैठकर एकदम निकटस्थ आत्मीयों की एक सूची बना ली और उससे उपहारों के बारे में चर्चा करने लगी! पर यह क्या? सुजय ने गर्दन नीची करके धीमे स्वर में कहा, "आमि तो किछुइ दीते पारबो ना। श्वाति

बोलछे, खोर्चा कोरार कोनो दोरकार नेई।'' (मैं तो कुछ भी नहीं दे पाऊँगा। स्वाति कहती है कि बेकार का खर्च करने की कोई ज़रूरत नहीं है।) निर्वाक चारु के कानों ने ही आगे यह भी सुना, ''दीदी! इसमें क्या ख़ास बात है? सब तो अपने ही लोग हैं!... क्या फ़र्क पड़ता है!''

यह 'सुजय-उवाच' सुनते ही चारु आकाश से जमीन पर आ गिरी। वह भौचक-सी सुजय को न देखती हुई देखे जा रही थी और उसके स्मृति-पटल पर 'सुजय डाक्यूमेन्टरी' की पुरानी रीलें खुल रही थीं। क्या यह वही सुजय है, जो अपने बड़े भाई के लिए 'भगवान' सम्बोधन को भी अपर्याप्त मानता था। सुजय के पैदा होने के बाद जब विधवा माँ के पास सुजय को खिलाने के लिए खाना और पड़ाने के लिए पैसे नहीं थे, तब 'दादा' अपने मामा के पास गाँव चले गये थे, ताकि उनके खाने और पड़ने से बचे पैसों से सुजय का भविष्य सुधर सके। वह नन्हा किशोर वहाँ पूरे दिन धूप, ठंड और बारिश में खेतों में काम करता और रात को फटी रज़ाई में अधपेट खाना खाकर बिसूरता रहता, पर उसने कभी भी अपने इस दर्द का इज़हार सुजय से इसलिए नहीं किया कि उसे दुख होगा।

आज, सुजय को उस माँ-समान बड़ी भाभी के लिए दो सौ रुपये की साड़ी फालतू लग रही थी! जिसने अपने बच्चों को भूखा रखकर उसे ख़ूब लाड़-प्यार से बड़ा किया था। इतना ही नहीं, दसवीं पढ़ते सुजय से जब चतुर स्वाति ने गले में बाँहें डालकर गन्धर्व विवाह रचा लिया था, तब भाभी ने ही उस नौवीं पास 'बहूरानी' के ढेरों नखरे उठाते हुए, उसे अपनी छत्र-छाया में एम.ए. तक पढ़ने की छूट दी थी। लेकिन सात वर्षों तक लगातार उनका लाभ उठा चुकी स्वाति के बर्ताव में उनके प्रति कोई कृतज्ञता भाव तो दूर, एक प्रकार की उद्दंड हेकड़ी आ गयी थी। जिनके बलिदानों पर पैर रख-रखकर वह आगे बड़ी थी, अब वे लोग उसे जाहिल और गँवार लगने लगे थे। ऊपर से तुर्रा यह कि वह यह भाव मन में नहीं रखती थी, बल्कि अपने हर व्यवहार में इसका इज़हार करने से नहीं चूकती थी। इतना ही नहीं, उस 'चतुर-चालाक' ने घर के काम से बचने और अपने घमंड को परवान चढ़ाने के लिए तुरन्त ही 'एक्टिंग' की एक त्रिवर्षीय डिग्री के लिए सुजय से पैसे भरवा दिए। अब स्वाति देवी जी रोज़ सजधज कर बड़ी भाभी और माँ का बनाया हुआ नाश्ता खाकर, हाथ में दोपहर के खाने का टिफ़िन झुलाते हुए चल देतीं! और रात गये कलकत्ता से लौटकर, पका-पकाया खाना खाकर आराम से सो जातीं। ऊपर से वह प्रेम-दीवाना सुजय सबसे कहता-फिरता, ''बेचारी स्वाति तो 'खट-खट' कर बेहाल हो जाती है। देखिए ना। इन दिनों उसका मुँह कितना सूख गया है?'' 'भली भाभी' एवं 'उदारमना माँ' के पास 'हाँई' में सिर हिलाने के सिवा और उपाय भी क्या था?

ख़ैर, 'बीती ताहि बिसार दे, आगे की सुधि लेय' के मद्देनज़र चारु ने साड़ियों के तीन-चार पैकेट बनाए और प्रत्येक पर लिख दिया— 'गृह प्रवेश पर स्वाति-सुजय की सादर भेंट'। चारु से वे पैकेट बेहिचक लेते समय, सुजय के चेहरे पर किसी लाचारगी या शर्मिन्दगी का भाव तो दूर, 'आपकी जो इच्छा है सो करिए' वाली अवहेला-मुद्रा मौजूद थी। यह उसकी बेअदबियों की शुरुआत ही थी; बाद में तो ऐसी छिछोरी घटनाओं का ताँता ही लग गया।

पैतृक मकान की मरम्मत करवानी थी, इसलिए 'दादा' ने सुजय से कुछ दिनों के लिए हॉलीशोर के मकान का वह कमरा खोलने के लिए कहा जो उसने इन चार वर्षों में एक बार भी नहीं खोला था। सुजय से यह ख़बर सुनते ही चारु ने खुश होकर कहा, "बाह! तुमि ऐखुनी शे घोर टा खुले दावो।"(वाह! तुम तुरन्त ही वह कमरा खोल दो)। लेकिन बाद में उसे पता चला कि स्वाति यह कहकर वह कमरा देने से 'नट' (ना कर) गयी, क्योंकि वह कमरा उनके लिए शुभ था।

इतना ही नहीं, जब 'दादा' के दोनों बेटे हालीशोर की गलियों में फुटबॉल खेलते हुए अपने ही बूते पर राष्ट्रीय स्तर पर फुटबॉल खेलने लगे, और कोच द्वारा कलकत्ता का कोई पता पूछने पर उन्होंने अपने फॉर्म पर उत्साहपूर्वक सुजय का ठिकाना लिखवा दिया, तो मारे ग़ुस्से के स्वाति ने उन्हें बेहद खरी-खोटी सुनाई और उनकी हैसियत को मुद्दा बनाकर उन्हें बहुत सारी अवांछित बातें कहीं। जब चारु को इस बात का पता चला, तो उसे बिल्कुल यक़ीन नहीं हुआ और उसने सुजय को बुला भेजा। लेकिन चारु की सारी फटकार को नज़रें झुकाकर सुनते हुए सुजय ने उसे एक अत्यन्त अप्रत्याशित उत्तर पकड़ा दिया, "दीदी! मैं 'दूसरे लोगों' के लिए अपने घर में आग क्यों लगाऊँ?" 'दूसरे लोग' सम्बोधन से हैरान चारु ने उसकी ढिठाई देखकर अपने विस्मय को दरकिनार किया और समझदारी से मध्यम मार्ग निकालते हुए नरमाई से कहा, "चलो ठीक है, पर सुजय! कम से कम, प्रैक्टिस के बाद वे तुम्हारे घर आकर खा-पी लें और फिर समय पर स्टेशन चले जाएँ यह व्यवस्था तो हो ही सकती है! क्यों?" यह सुझाव देते समय, चारु ने सपने में भी नहीं सोचा था कि अब सुजय के लिए इतना-सा कर पाना भी सम्भव नहीं है। असमर्थता की इस अविश्वसनीय सूचना से चारु इतनी ज़्यादा 'ऊकचूक' हो गयी कि जो काम उसने आज तक नहीं किया था, वही कर बैठी। चारु हमेशा से एहसान गिनाने को एक निहायत ही ओछी हरकत मानती है, पर उस दिन उससे रहा नहीं गया और उसने तड़पकर सुजय से कह दिया, "सुजय, अभी कुछ ही महीने पहले तुम्हारे बेटे को एक बड़े अँग्रेजी स्कूल में भर्ती करवाने के लिए मैंने उसके स्थानीय संरक्षक (लोकल गार्जियन) में सहर्ष अपना नाम दे दिया था और उस फॉर्म में तुमने मेरे पते को ही अपना पता बताया था। तब क्या एक क्षण के लिए भी तुमने या मैंने कुछ

सोचा था? या, मैंने किसी अधिकार की कोई बात उठाई थी तुमसे? यह प्रश्न कि मुझे इतनी बड़ी जिम्मेदारी लेनी भी चाहिए या नहीं, क्या हमारे बीच उठा था? और आज? मात्र इतने छोटे-से काम के लिए तुमने अपने 'देवता भाई' के बेटों को.... 'अपने ख़ुद के ख़ून' को ना कह दी? सुजय! आख़िर हो क्या गया है तुम्हें? ऐसे गये-गुज़रे तो नहीं थे तुम?''

पर इन दिनों सुजय ने एक बहुत ही ख़ास आदत सीख ली थी कि यदि उसे किसी की बात नहीं माननी हो तो वह अन्धा, बहरा, गूँगा और मूर्खतम होने का अभिनय करते हुए, किसी भी प्रश्न का जवाब दिए बिना, नीची गर्दन किए सब कुछ सुनता रहता है और फिर आँख बचाकर चुपचाप वहाँ से भाग छूटता है। आज भी उसने वही टोटका आजमाया।

उसके ये रंग-ढंग देखकर सुजय पर हमेशा स्नेह बरसाती चारु की 'औढरदानी माँ' ऐसी बौखलाईं कि एक दिन उन्होंने जोर से अपनी मुट्ठी में उसकी कमीज़ पकड़ी और उसे झटका देकर खींचते हुए; अपने पास बिठा कर ठेठ हरियाणवी में कहने लगीं, ''हाँ रै सुजय! तेरी मति एकदम-ए-मारी गयी के भाई? ख़ैर तेरी लुगाई (पत्नी) का सुभाव तो सदा का ए 'चाँदड़ा' (कर्कश) था। पर ईब, तेर भी के होया? जो तैं ने उस माँ नै जो तन्न पेट म लियाँ दिन मै बढ़ई, और रात नै दर्जी, का काम कर-कर कै तन्नै इतना बड़ा आदमी बणा दिया ओ उस माँ नै तैं इतना दुख देव सै? भई वाह! तैं तो आच्छा रिण (ऋण) चुकाया रै आपकी माँ का? और तो और, तैं घर की दाई नै भी दो म्हीना सै 'लुगाई' के सागै बम्बई भेज राखी सै, और बेसरम-सा आपकै घर का सारा धंधा माँ सै 'कूटान' (करवा) लाग र्या सै। हाँ रै! वा महाराणी तेर पर; हिसा कै जादू कर दिया जो तैं हर बखत उसकी डुगडुगी पर नाचता रह्सै? हद ए होगी भाई तेरी बेहयाई की!''

चारु यह देखकर दंग थी कि माँ के झींकने और बड़बड़ाने को अनसुना करता हुआ सुजय अपनी चुप्पी की 'कछुआ पीठ' में जा छिपा था। माँ उसे खा जाने वाली आँखों से घूरती रहीं! पर वह बन्दा, वह तो राजा जनक को भी मात देता हुआ पूर्णत: निरासक्त और निर्लिप्त-सा बैठा रहा और फिर धीरे से उठकर चल दिया। चारु ने माँ से शिकायती लहज़े में कहा भी: ''तन्नै कै ज़रूरत थी बिना बात ख़ुद की बेइज्जती कराण की?''

''चुप्प रह चारु! बस और एक शब्द भी मत बोलिए। यो राक्षस सारै दिन माँजी-माँजी करता मेर सै, इतना ला?-प्यार करवाता रह्वैसै! सौ रकम की चीज लेता रह सै! और मैं? इसकी इतनी बड़ी गलत 'करणी' पर इसनै टोकूँ भी नहीं? हुँह!'' माँ की ये बातें इतनी सही थीं कि उनकी कोई काट चारु की समझ में नहीं आई।

अचानक एक दिन सुजय ने आकर कहा, ''दीदी! आप अमुक स्त्री रोग

विशेषज्ञ से मुझे समय ले दीजिए! ख़ास ज़रूरत है।''

इस बात से चारु को याद आया कि अभी कुछ दिन पहले ही सुजय माँ के गर्भाशय के चारों ओर ट्यूमरों की माला का जिक्र करते हुए कह रहा था कि माँ का बड़ा ऑपरेशन करवाना पड़ेगा। यह सोचकर कि हो न हो सुजय माँ के लिए ही उस बड़ी डॉक्टरनी को खोज रहा है, चारु का मन हर्षोल्लास से भर गया। उसने सुजय के सारे अपराधों को मा? करते हुए, उसी वक़्त सुजय की सिफ़ारिश उस बड़ी डॉक्टरनी से कर दी।

इस घटना के दो-अढ़ाई महीने बाद जब सुजय चारु के यहाँ आया, तो चारु ने माँ का हालचाल पूछा। साथ ही यह भी पूछा कि डाक्टर ने माँ के ट्यूमर ऑपरेशन की क्या फीस ली। लेकिन सुजय ने जो उत्तर दिया, वह बेहद चौंकानेवाला था! उसने कहा, ''माँ का ऑपरेशन तो 'दादा-भाभी' के पास हालीशोर में ही करवा लिया था। आप ही बताइए! मैं अकेला इतना बोझ कैसे उठाता? हाँ, कलकत्ता वाली डॉक्टरनी से तो स्वाति की 'डी. एंड सी.' (दसेक मिनट की एक साधारण-सी सर्जरी) करवाई थी, जिसकी फीस उन्होंने पन्द्रह हज़ार रुपये ली है। ज़रा सोचिए! वे माँ के ऑपरेशन का कितना लेतीं? मैं तो बस प्रभु-कृपा से बच ही गया।''

अचंभित चारु का अगला प्रश्न था, ''तुमने 'हालीशोर' जैसे मुफ्फसिल में माँ का इतना बड़ा ऑपरेशन करवा लिया? क्या माँ एकदम ठीक हैं?''

सुजय ने बहुत ही अनमने स्वर में उत्तर दिया, ''मोटा-मोटी (साधारण तौर पर) ठीक ही हैं। वैसे कुछ रक्त-स्राव हो रहा है, लेकिन धीरे-धीरे सब ठीक हो जाएगा। फिलहाल वह मेरे यहाँ ही हैं।''

उस छोटी जगह में इतना बड़ा ऑपरेशन? और अढ़ाई महीने बाद भी रक्त-स्राव का होना? इन सब चिन्ताओं ने जब चारु को घेरा, तो यह सोचकर कि हो न हो, अब सुजय माँ को अपने यहाँ आराम करने और किसी बड़े डॉक्टर को दिखाने के लिए ही लाया होगा उसे कुछ सकून मिला! पर इस घटना के दस-बारह दिन बाद जब चारु को सुजय की माँ के श्राद्ध-समारोह का भव्य निमन्त्रण पत्र मिला, तो उसे अविश्वसनीय नज़रों से देखती चारु सोचने लगी कि जब सब ठीक चल रहा था, तब माँ यों अचानक चली कैसे गयीं?

चारु की इस चिन्ता को ज़्यादा जाँच-पड़ताल की ज़रूरत नहीं पड़ी। सुजय की बातों से ही काफी कुछ समझ में आ गया। उसका यह कहना कि ''माँ तो ऐकदोम ठीक छिलो! श्वाति आबार झीं के निए बोम्बे जाछिलो, बोलेई घोर आर देबोप्रियो के दैखार जोन्ये माँ के आना होलो। किन्तु आमार तो कापाल-इ भाँगा! शेई कारने माँ निजेर शोरीरेर पोरवा ना कोरे दिन-रात काजी कोरतो!'' (माँ एकदम ठीक थीं। हमारी दाई को लेकर स्वाति बम्बई जा रही थी। इसलिए घर और देवप्रिय

(बेटे) को सँभालने के लिए माँ को लाना पड़ा। लेकिन मेरे तो भाग ही फूटे हैं! तभी तो माँ ने अपने शरीर की ज़रा भी परवाह नहीं की और दिन-रात 'खटती' ही रही)

उसकी इस बेशर्मी से भरी उक्ति से चारु एकदम स्तब्ध रह गयी। उसने तड़पकर सुजय से पूछा, ''क्या तुम्हें उनकी बिगड़ती हुई तबीयत की ज़रा भी भनक नहीं पड़ी?'' सुजय ने चारु के इस डपट भरे प्रश्न की ऐसी-तैसी करते हुए महा बदतमीज़ी से चारु को पटापट उत्तर दिया, ''क्या मैं अन्तर्यामी हूँ? भगवान हूँ? दीदी! सच कहूँ तो आजकल आपको मुझमें केवल दोष ही दिखते रहते हैं!'' इसी तरह के और भी कई एक आक्षेपों को होंठों ही होंठों में भुनभुनाता वह झटके से उठा और तेज़ी से बाहर चला गया।

वर्तमान में लौटी चारु ने अपने चारों ओर आँखें घुमाकर देखा, तो उसके दृष्टि फ़लक पर झकाझक सफ़ेद कुर्ता-पाजामा पहने— आँखों में पानी भरे— दोनों हाथ जोड़े— भाव विह्वल-सा— अतिथियों को विदा करता हुआ सुजय झलका। वह प्रत्येक पैसेवाले अतिथि के साथ नीचे जा रहा था और उसे दरवाज़ा खोलकर गाड़ी में बिठाकर विगलित मुद्रा में धन्यवाद कह रहा था।

वहाँ खड़ी चारु समझ नहीं पा रही थी कि वह सुजय से दुखी है या नाराज़? आज उसे बहुत ही शिद्दत से लग रहा था कि क्या सच ही किसी पर भरोसा करना या किसी को इतना अपना मानना निहायत बेवकूफ़ी और पागलपन है?

इन्हीं उद्वेलनों से बौराई हुई-सी चारु माँ के फोटो के सामने जाकर बैठी, तो 'माँ शारदा' की तरह दिखती उस सरल ग्रामीण महिला के फोटो से चारु को एक प्रकार का 'शील भरा तेज' बरसता दिखा। ''धरती पर यदि कोई भी आदमी पूरी ईमानदारी से अपना जीवन जीकर चला जाए, तो तुम उसे देवता ही समझना चारु!'' गुरु जी के कहे ये वाक्य आज बार-बार चारु के मानसपटल पर कौंध रहे थे। उसे लग रहा था कि उससे बड़ा पाप हो गया है और उसे क्षमा करने वाला भी अब तिरोहित हो चुका है। वह संज्ञा-शून्य-सी प्रलाप करने लगी, ''माँ! मैं ही वह पापी हूँ, जिसके कारण आपके परिवार में यह अघटन घटा। पर सच मानिए माँ! मैंने एक क्षण के लिए भी कभी सुजय को अर्थ-पिशाच नहीं बनाना चाहा था। मैं तो प्रभु से सर्वदा यही प्रार्थना करती थी कि वह आप सबको और सारी दुनिया को अपने गुणों से सुख पहुँचाए! पर देवत्व और असुरत्व की सीमा-रेखा पर खड़ा आदमी कब सुर से असुर बन जाता है, इस महीनपन को पकड़ पाना हम साधारण मनुष्यों की जद में नहीं है।

''सच मानिए माँ! मेरी एक ही इच्छा थी कि सुजय उस माँ पर संसार के सारे सुख न्योछावर कर दे, जिसने अपनी वैधव्य भरी जवानी में हर रोज़ चौबीस में से

बाईस घंटे अपने हो? घिस-घिस कर उसे पाला-पोसा था। माँ! मैं तो यह भी चाहती थी कि सुजय बड़े भैया के परिवार को इतने सुख से भर दे कि उनके जीवन-दान का थोड़ा-सा ऋण चुक जाए। पर माँ, ऐसा कुछ भी नहीं हुआ! और बस उसी पुरानी कहावत का पुनर्पाठ होता रहा।

"माँ! क्या सच ही यह इतिहास कभी भी, अपने में कोई संशोधन नहीं करेगा! और सदा वही पुराना राग अलापता रहेगा कि 'पुत्र कुपुत्र हो सकता है, पर माता कुमाता नहीं हो सकती'! आख़िर क्यों? क्यों? जब समय के साथ कई इतिहास बदल जाते हैं, तो क्यों यही इतिहास शाश्वत बना हुआ, अपनी ज़िद पर अड़ा बैठा है? क्या कभी ऐसा नहीं घट सकता कि यह कहावत उलट जाए— 'पुत्र सुपुत्र ही रहेगा, माँ चाहे जैसी हो!'

"माँ! क्या कभी एक सच्चे 'श्रवणकुमार' की वंशबेलि इतनी फैल सकती है कि इस समग्र धरती और पूरे आकाश को छा ले? माँ! अपनी इस पागल कल्पना को आपके चरणों में प्रणामी की तरह रखते हुए मैं आपसे सर्व उपकार के लिए इसे साकार करने का वरदान माँगती हूँ। मुझे विश्वास है कि गुरु जी का कहा आप पर शत प्रतिशत खरा उतरता है और आप चाहेंगी, तो भविष्य में मेरा यह सपना अवश्य ही फलीभूत हो जाएगा!"

एक चमत्कार की तरह चारु को माँ के फोटो में उनके दोनों हाथ वरद और अभय मुद्रा में स्थित दिखाई पड़े। मानो वे चारु को उसके सुनहरे भविष्य वाले निवेदन के लिए आश्वस्त कर रहे हों। और अचानक ही चारु के मन में उद्विग्न भावनाओं का जो ज्वार-भाटा उठ रहा था, उसकी जगह एक अलौकिक शान्ति ने ले ली।

संघर्ष तराशा कोहेनूर

कल कोर्ट में जब उससे टक्कर होने के बाद मेरे मुँह से जोर की चीख़ निकली, तो वह चीख़ किसी से टकराने की नहीं, बल्कि आह्लाद और 'भूत–देखे' अचरज की-सी थी, और जिसके साथ ही मेरे मुँह से अनर्गल बकवास की तरह लगातार इस तरह के वाक्य निकल रहे थे, ''सरला, तू? ना, ना। फालतू बात। तू अठै? (यहाँ)? इम्पॉसिबल! ऊप्पर से वकील को चोगो? यो तो महामहाइम्पॉसिबल।''

मेरी ये उक्तियाँ किसी अनजान व्यक्ति को एक पागल का अर्थहीन प्रलाप लग सकती हैं, लेकिन क्या उपाय? वैसे मैंने भी जीवन में एकाध जादुई चमत्कार घटते देखे हैं, पर यह? यह तो हो ही नहीं सकता। किसी भी हालत में नहीं हो सकता। सोच–सोचकर मेरी गरदन स्प्रिंग वाली गुड़िया–सी 'ना' में हिलती ही जा रही थी। तभी, मेरी यह विचित्र दशा देखकर, वह काला चोगा तेज़ी से मेरे पास आया और कड़ाई से मेरी बाँह पकड़कर कहने लगा, ''ऐ कनक की बच्ची! क्या बेसिर–पैर की बके जा रही है तू! अरे भई! ध्यान से देख! मैं सरला ही हूँ। तेरे बचपन की ख़ास 'भायली' (मित्र) सरला! और अब अच्छी तरह आँखें फाड़ कर यह भी देख ले कि मेरे पाँव उलटे नहीं हैं और मेरी परछाईं भी धरती पर पड़ रही है!'' उसका इतना कहना था कि मैं और वह ज़ोरों से हँसते हुए एक–दूसरे से लिपट गये और मुझे बरबस ही बचपन की वह घटना याद आ गयी, जब अचानक एक दिन शाम के झुटपुट अँधेरे में मैंने वह भूतनीवाली कहानी सुना कर उसे काफी सहमा दिया था। सघन बचपन की वह साधारण–सी बात सरला को पूरे 'प्रॉप्स' के साथ याद है, जानकर मैं आश्चर्यचकित स्वर में बोल पड़ी, ''तुझे अभी तक मेरी वह लखनऊ वाली भूतनी याद है?''

''कनक, तुझे और तेरी कहानियों को भूलना क्या किसी के भी बूते की बात है? फिर, सच कहूँ, तो तेरी वे बातें और तेरे दिखाए वे सपने ही तो मेरी ठंडी अँधेरी रातों को ऊष्मा प्रदान करते रहे हैं। यदि तेरी याद साथ न होती, तो मुझे जीवन की कड़ी धूप, तेज़ बारिश, आँधी–तूफ़ान और अँधेरों ने कभी का लील लिया होता।''

सरला मुहावरेदार बढ़िया भाषा में बोले जा रही थी और उसे एकटक देखती मेरी आँखें उसके भीतर छिपे हमारे अतीत में चक्कर काट रही थीं:

''तरबीणी, सरला, महाबीरी, सृष्टि, बिमला! आओ सब छाँत (छत) पर जल्दी सै आओ।'' यह 'हेला' लगभग तीस वर्ष पहले रोज शाम पाँच बजे हमारे आँगन वाले पुराने मकान में ज़ोरों से गूँजता और लड़कियों की पाँत की पाँत तेज़ी से छत की ओर जाती नज़र आती। यह एक ऐसा आकर्षक कार्यक्रम था, जिसमें बारहों महीनों में कभी एक दिन का भी नागा (व्यतिक्रम) नहीं होता था। हाँ, तीज-त्योहार, हारी-बीमारी, बारिश-आँधी की बात और थी। फिर भी लड़कियों का यह गुच्छा 'भेला' (इकट्ठा) तो होता ही था, चाहे अवसर के अनुरूप उसका मुक़ाम बदला हुआ होता। इस गुच्छे की पक्की दोस्ती से इनकी माँओं को भी कोई उज्र नहीं था, क्योंकि ये सभी एक-से परिवारों की, एक-सी लड़कियाँ थीं। कसी हुई दो चोटी ऊपर बाँधे, ये सारी लड़कियाँ छत पर इधर से उधर चहकती हुईं कभी खो-खो, कभी पहलदूज, कभी कबड्डी, तो कभी पतंग उड़ाती हुई नज़र आतीं और उनकी रौनक़ से वह सड़ा-सा मकान भी 'नन्दन कानन' बन जाता।

वैसे ये सहधर्मा, सहमना दिखती लड़कियाँ एक सरीखे परिवारों की होने के बावजूद पारिवारिक मानसिकताओं के कारण विभिन्न विचारणाओं और सोच से बुनी हुई थीं। जहाँ हमारे परिवार में लड़कों और लड़कियों को बराबर माना जाता था, वहीं तरबीणी और सरला के यहाँ उनका भाई कन्हैया प्रथम श्रेणी का नागरिक था और वे दोनों दोयम दर्जे और पिछड़े वर्ग का प्रतिनिधित्व करती कन्याएँ थीं। उन्हें सुबह से शाम तक हर चीज़, खाना-पीना, कपड़े-लत्ते, बोलना-चालना, उठना-बैठना, स्कूल-कमरा आदि सब कुछ कन्हैया की तलछट का ही मिलता था। उनकी दो अपढ़ बड़ी बहनों का विवाह तो काफी पहले ही हो चुका था और तीसरी पास करते ही तरबीणी ने भी स्कूल छोड़ कर खुद को घर का धन्धा कूटने में लगा दिया था। बची मेरी दोस्त सरला! वह न केवल पढ़ने में तेज़ थी, बल्कि मेरी ही तरह ऊँची पढ़ाई कर, कुछ बनने की आकांक्षा भी रखती थी। सरला की चौथी का नतीजा आते-आते तरबीणी की शादी भी किसी सोने-चाँदी की दुकानवाले से हो गयी और वह गहनों से लदी, इठलाती हुई अपनी ससुराल चली गयीं।

हर लड़की की विदाई पर ताईजी (सरला की माँ) कहतीं, ''चालो, प्रभु-कृपा सै बोझो उतर्यो!'' ऐसे में स्वाभाविक था कि अब वे सरला रूपी बोझ से भी निजात पाने की कोशिश में लग गयी।

सरला लम्बे क़द और छरहरी देहयष्टि के साथ, सुघड़ नाक-नक्शे और लुनाई लिए स्निग्ध त्वचा की मालकिन थी। ऊपर से उसकी बड़ी-सी स्वप्निल आँखों में एक ऐसा आकर्षण था, जो सहज ही सबको अपनी ओर खींच लेता था।

ऐसे में भला ताईजी को उसके लिए दूल्हा ढूँढ़ने में क्या देर लगती? उन्होंने आव देखा न ताव, कलकत्ता की इस सम्भावनाशील लड़की को कस्बानुमा शहर भागलपुर के एक मुफ़स्सिल कस्बे में ब्याह दिया। जब मैंने विवाह के समय उस शरीफ़-से दिखनेवाले दूल्हे के कान में पूछा, ''जीजाजी! क्या आप सरला को आगे पढ़ने देंगे?'' तो उन्होंने ''हाँ, सालीजी!'' कहते हुए मेरे सिर पर हलकी-सी चपत लगा दी थी। उनका यह बरताव तो मुझे बहुत ही प्रेमिल और आत्मीय लगा, पर उनके सारे रिश्तेदार 'लड़का वाले' होने की धौंस में काफी बदतमीजी भी कर रहे थे। उनकी हेकड़ी की पराकाष्ठा यह थी कि वे न केवल हम घरवालों से नौकरों-सा सलूक़ कर रहे थे, बल्कि बेहया की तरह विचित्र ढंग से हमारी शालीनता का मज़ाक उड़ाते हुए ही-ही, ठी-ठी भी किए जा रहे थे। उनकी इन टुच्ची हरक़तों से हमें 'झाल' (क्रोध) तो बहुत आ रही थी, पर अपने संस्कार और लड़कीवालों की इज़्जत की ख़ातिर हम सब उन ढीठों को झेले जा रहे थे। क़िस्सा कोताह यह कि उस सारे आँवे को देखकर मेरा जी सरला के लिए डूबा जा रहा था।

फेरों के बाद सरला ने मुझे अपने पास बुलाकर कहा, ''कनक! मुझे तेरे से एक चीज़ 'माँगणी' है। यदि तू मेरी पक्की 'भायली' है, तो तुझे मुझसे यह वादा करना होगा कि तू मुझे हर साल अपनी पास की हुई किताबें और नोट्स भिजवा देगी।''

''पर कैसे?'' पूछते ही उसकी बड़ी-बड़ी आँखों से ऐसे मोटे-मोटे आँसू टपके कि मैंने घबराकर 'हाँ' कह दी, पर इसका कोई उपाय ढूँढ़ पाती, उसके पहले ही उसने सुझा दिया, ''कनक! तुम चाचाजी (मेरे पिता) से कह देना, मेरा पक्का विश्वास है कि वे यह काम ज़रूर कर देंगे।''

आख़िर यह एक 'प्रज्ञावान' का अनुमान ठहरा; क्योंकि बाऊजी ने न केवल इसके लिए ख़ुशी से हामी ही भर दी, बल्कि साथ ही यह भी कहा, ''पुरानी क्यों? नई किताबें चली जाया करेंगी।''

इस पर सरला ने ज़िद पकड़कर कहा, ''नहीं, कनक की ही किताबें! उसके ही नोट्स।''

आज सोचती हूँ, कितनी दूरदर्शी थी वह ज़रा सी लड़की! सम्बन्धों की लम्बी उम्र की ख़ातिर उसने कितनी आसानी से इस एहसान को वज़नरहित कर दिया था। किताबों और नोट्स के आवागमन का यह सिलसिला कम से कम आठ-दस वर्षों तक चलता रहा होगा। सरला की ऊर्जा से भरी लम्बी चिट्ठियों में उसकी दिनचर्या के साथ पढ़ाई के तालमेल का वर्णन पढ़कर हम सब हैरान होकर सोचने लगते कि आख़िर यह लड़की खाती-सोती कब है?

कुछ वर्षों बाद बाऊजी वह मकान बदलकर वहाँ से दूर एक बंगाली मुहल्ले में

आ गये थे, इसलिए पीहर आई सरला से मिलना तो नहीं हो पाता था, पर उसके पत्रों और पुस्तकों की आवाजाही के कारण हमारी दोस्ती की ज़मीन मज़बूत बनी रही। बीच-बीच में अपनी एक 'ऑल इंडिया रेडियो सहेली-सृष्टि' से सारे दोस्तों की ख़बरें मिल जाती थीं और सरला के परिवार की ख़ैरो-ख़बर का पता माँ की मार्फत चल जाता था। वैसे माँ जब भी सरला के परिवार की ख़ैरियत बतातीं, उनकी बातचीत के समापन पर एक 'नोट' ज़रूर रहता, "सरला का वह लाडला भाई कन्हैया! वह न केवल फूल-फालकर भैंसा हो गया है, बल्कि बिगड़ कर पूरा 'बारह-बाट' भी हो गया है।" माँ अपने ठेठपन में कभी कन्हैया को गैंडे-जैसा 'मोटा चमड़ा' कहकर सम्बोधित करतीं, तो कभी कहतीं, "भगवान! ऐसे बेटे से तो निपूता ही रहने देता, तो अच्छा होता।"

अपनी ही दौड़ में दौड़ती हुई मुझसे सरला के सम्बन्ध का धागा खिंचे रबर की तरह धीरे-धीरे पतला होकर, टूट-सा गया और बी.ए. के बाद तो मुझे सरला की राई-रत्ती जिक्र भी न रही।

समय के घूमते चक्र में अपने एक बंगाली सहपाठी के प्रेम में पड़ कर मैंने उसके साथ वकालत पास कर ली और कलकत्ता हाई कोर्ट में कनक मजूमदार नाम से एक तेजस्वी वकील के रूप में प्रतिष्ठित हो गयी और तभी एक दिन यह भुतहा वाकिया घटा।

अचकचा कर अपने वर्तमान में लौटते हुए मेरे मुँह से निकला, "सरला, तूऽऽऽ! क्या आजकल तू कलकत्ता में रहती है?" उसकी गर्दन नाही में हिलते देखकर, हड़बड़ी के कारण हकलाता-सा मेरा अगला प्रश्न था, "तो यहाँ कैसे?"

सरला शान्त भाव से मुस्कराते हुए मेरे पास आई और मुझे ख़ुद से कसकर चिपकाने के बाद मद्धम स्वर में बोली, "कनक! मैंने माँ-बाबूजी की तरफ़ से कन्हैया पर केस किया है, आज उसी की पेशी है। यदि अभी तुम खाली हो, तो थोड़ी देर मेरे साथ चलो।"

मैं, कलकत्ता हाई कोर्ट की स्वनामधन्य वकील कनक मजूमदार, उसका आमन्त्रण सुनकर भौचक-सी उसके साथ चल पड़ी और केस की पूरी कार्रवाई में सम्मोहित-सी विस्फारित आँखों, खुले मुँह और सन्नद्ध कानों से उस चौथी पास सरला के क्रिया-कलाप को निर्वाक-सी देखती रही। सरला पूरे विनम्र आत्मविश्वास से कलकत्ता के उस नामी-गिरामी 'एकलखिया किसी' घमंडी वकील के छक्के कानून के असंख्य 'क्लॉज़ों' के साथ भारतीय संस्कृति और दर्शन शास्त्र की गहन-गम्भीर सूक्तियों से छुड़ाए जा रही थी। उसने पूरी अदालत में एक सूई-पटक सन्नाटे-सा निस्तब्ध वातावरण सिरज दिया था, और उसके 'टंच सोने'-से उद्धरणों के सामने वह एकलखिया वकील श्यामल बोस एकदम 'बोका' (मूर्ख) लग रहा

था। मुकदमे के शुरू में बोस महाशय ने सोचा होगा कि इस देहाती मारवाड़न को तो वे मिनटों में रफ़ा-दफ़ा कर देंगे। पर यहाँ तो सरला ने पूरा पासा ही पलट दिया था। सारी अग़ले-बग़लें झाँकने के बाद अन्त में उन्होंने झक मार कर अदालत से केस की छान-बीन के लिए समय माँगा, तो सरला का नाटक देखने लायक था। उसने पहले तो गर्दन झुका कर, सीधे जज को सम्बोधित किया और फिर दर्शकों की ओर मुख़ातिब होते हुए अपनी बात यों शुरू की, ''मी लार्ड! एण्ड फ्रेंड्स!...क्या हम सब मनुष्य हैं? यदि हाँ, तो क्या आपको मनुष्यता के लक्षणों में से एक भी लक्षण इस कन्हैया में मौजूद लग रहा है? मैं यहाँ सैकड़ों सबूत दे चुकी हूँ कि 'अमानुष' कन्हैया ने किस-किस तरह से फ्रॉड करके मेरे माँ-बाप की सारी सम्पत्ति हड़प ली और फिर उनके सारे पहचान-पत्र जलाकर उन्हें भिखमंगा घोषित कर, दर-दर की ठोकरें खाने के लिए मजबूर कर दिया। मी लार्ड, यह सब करने के बाद भी इसे सन्तोष नहीं हुआ, तो इसने अपने गुंडों से उन कमज़ोर बूढ़े माँ-बाप पर क़ातिलाना हमले भी करवाए, जिससे ये प्रभु कृपा से बच गये। भाइयो, ध्यान से देखिए! एक समय ठाठ-बाट से रहनेवाले ये दम्पती आज तार-तार कपड़ों में अपने तन को ढँकने की कोशिश कर रहे हैं। क्या आप कल्पना भी कर सकते हैं कि ये नाले के कीचड़ में से भात के दाने चुन कर खाने की चेष्टा करते हैं, ताकि ज़िन्दा रह सकें!

''और मी लार्ड! आज मर्सिडीज़ में आए ये वकील साहब! और ऑडी में आया इनका यह मुवक्किल कन्हैया! इन दीन-हीनों से और समय माँग रहे हैं? मी लार्ड! ज़रा असमय बुढ़ाए हुए इस जोड़े को ग़ौर से देखिए! क्या इनके पास कोई समय बचा है? क्या आप यह गारन्टी ले सकते हैं कि ये वकील साहब के माँगे समय तक जीवित रहेंगे? मी लार्ड! यह तो भला हो उस महामना का, जो मेरे माँ-बाप की ऐसी हालत देखते ही रातों-रात मेरी ससुराल से मुझे यहाँ लिवा लाए। भगवान जाने, यदि वे ऐसा न करते, तो मैं अपने माँ-बाप को ज़िन्दा देख भी पाती या नहीं?

''मी लार्ड! ज़रा सोचकर देखिए कि यदि आप या हममें से किसी के साथ भी ऐसा घटता, तो क्या वकील साहब को यह समय बक्शा जाता? जज साहब! यदि आज आपने सही फैसला नहीं दिया, तो कन्हैया जैसे बेटे शैतान बनकर यों ही अपने माँ-बाप के साथ जानवरों से भी ख़राब सलूक करते रहेंगे!'' इतना कहने के बाद उसने अपनी आँखें रूमाल से पोंछीं और 'तार' बाँध कर भावुकता से भरी उक्तियों की ऐसी झड़ी लगाई कि पूरी अदालत 'रोऊँ-रोऊँ' हो गयी। अपने माँ-बाप के ख़ुशहाल दिनों और आज के दरिद्रनारायणी फ़ोटो तो वह पहले ही जज की टेबल पर रखवा चुकी थी। अब उसने सैकड़ों पैबन्द लगे फटे-सड़े 'परान्ह' पहने कटघरे में दुबके कंगालियों-से अपने मरियल माँ-बाप को सहारा देकर नीचे उतारा

और उन्हें ले जाकर सीधे जज के सामने खड़ा कर दिया। बेचारे वे दोनों 'धुजती गठरी'— से किसी तरह सीधे खड़े होने की कोशिश कर ही रहे थे कि सरला ने एकदम फ़िल्मी अन्दाज़ में अपने दोनों हाथ फैलाकर भरी अदालत से उन पर रहम करने की भीख माँगना शुरू कर दिया।

जज सहित पूरी अदालत हतप्रभ। किंकर्तव्यविमूढ़। यह नज़ारा तो 'न भूतो न भविष्यति'-सा अनूठा था। कुछ क्षणों के सन्नाटे के बाद जब जज के हथौड़े से सबकी तन्द्रा टूटी, तो किसी को फैसले की प्रतीक्षा नहीं थी, क्योंकि मेरी ठेठ देसी माँ के शब्दों में, "क्या जज बेचारे के दो सिर थे, जो वो सरला के हक़ में फैसला न देता? पर भई, मानना पड़ेगा! सरला नै आज साब्बित कर दिया कि बेट्टी बेट्टों से ज़्यादा बढ़िया होती हैं।"

बाद में जब मुझे पता चला कि सरला को सूचना देनेवाले वे भले बन्दे मेरे बाऊ जी ही थे, तो मेरे मुँह फुलाने को अनदेखा कर उन्होंने कहा, "देख कनक! नखरा छोड़ और कुछ सीख इस घटना से। बेटा, सदा याद रखना कि हम चाहे जितने बड़े हो जाएँ, पर हममें इतनी मनुष्यता तो रहनी ही चाहिए कि हम दूसरों के बारे में भी कुछ सोचें और सत्य चाहे जितना भी कठिन हो, उससे डिगें नहीं। दरअसल हुआ यह कि एक दिन मैंने भाई साहब और भाभी जी को सड़क पर रूलते देखा। मुझे लगा कि यह मेरा दृष्टि-भ्रम है। पर जब मैंने दूसरे दिन भी उन्हें गली के नुक्कड़ पर कपड़ा बिछाए चुपचाप उसके सामने बैठे देखा, तो समझ गया कि वे शालीन तरीके से भीख माँग रहे हैं। मैंने तुम्हारी माँ से बात कर उन्हें वहीं से घर भिजवा दिया और पहली गाड़ी पकड़कर सरला को सारी बातें बताने निकल पड़ा। मुझे सरला का नाम इसलिए सूझा, क्योंकि वह मुझसे काफी सम्पर्क रखती है। बुरा न मानो, तो तुमसे तो काफी ज़्यादा। वैसे मेरे मन में सरला को फ़ोन पर ख़बर देने का विचार भी आया था। पर यह सोचकर कि यह घटना मृत्यु की ख़बर-सी ही गम्भीर है, इसलिए यदि वह अकेली लड़की कहीं ज़्यादा घबरा गयी, तो उसे कौन सँभालेगा—सोचकर मैंने यह छोटी सी यात्रा कर डाली। सच मानो, सरला से मिलने के पहले तक मुझे भी नहीं पता था कि वह स्वाध्यायी लड़की प्राइवेट परीक्षाएँ दे-दे कर, अपने पारिवारिक वकील की सहायता से पक्की वकील बन गयी है। कनक! मैं तुम्हें बता पाता, इसके पहले तुम ख़ुद ही सरला से जा टकराईं, तो बताओ मैं क्या करता? तुम ख़ामख्वाह यह भ्रम पाल रही हो कि मैंने तुम्हें यह बात जानबूझकर नहीं बताई, पर ज़रा सोचकर देखो। क्या मैं ऐसा सोच भी सकता हूँ?" उनकी तथ्यात्मक बातों की स्वीकारोक्ति में एक लम्बी हूँऽऽऽऽऽ— करती हुई मैं बाऊ जी और सरला से ऐसी आत्मीयता और विनय से मिली मानो अपने वर्षों की भूल का शोधन कर रही हूँ। इच्छा तो थी कि आकाशी ऊँचाइयों को पहुँची 'उस लड़की' के चरण छू लूँ, पर दोस्ती आड़े आ

गयी और मैंने उसे आँसू-भरी आँखों से अपने आलिंगन में भर लिया।

तभी पीछे से सदा की तरह, सटीक टिप्पणी करने में माहिर माता जी की प्रेमल आवाज़ आयी, ''सरला बेटा! तू तो साक्षात कोहेनूर है! बस तेरे ऊप्पर तो समय की धूल 'जमगी' थी।'' सरला ने अपनी पीठ थपथपाते उनके दोनों हाथों को कस कर पकड़ लिया और पल भर में जवानी से बचपन की यात्रा तय करते हुए उनसे ज़ोरों से चिपक गयी। उसकी आँखों से, मूसलाधार झड़ी की तरह, आँसू बरस रहे थे। उसके आँसुओं में सदियों का अन्धकार, चक्रवात, पतझड़, हताशा, निराशा, अकेलापन आदि भरे पड़े थे, जो थमने का नाम नहीं ले रहे थे।

अन्त में हिचकियाँ खाते उसके शरीर को झकझोरकर माँ ने कहा, ''सरला! या घड़ी आनन्द मणाने की है। 'रोण' की नहीं! मैंने तुझे कोहेनूर कहा है ना? तो तू वैसी ही चमक और कठोरता को अपना बाहरी जामा बनाकर आगे बड़। ध्यान रहे कि तेरा मन सदा फूल-सा कोमल रहे, पर शरीर कँटीली झाड़ी। तू इन दोनों को मिलाकर ही इस दुनिया को जीत पाएगी।

''तेरे आज के ये आँसू! ये अन्तिम आँसू होणे चाहिए, जिन्हें तू अघल्य की तरह जरूरतमन्दों को चढ़ाकर अपनी इस जीत के बीज जनमानस में बो दे—ताकि तेरे जैसी अनेकानेक सन्तानें टूटे-बिखरे माँ-बापों के हितों की रक्षा कर पाएँ।''

सुनने में आया है कि सरला ने अपने बूते पर एक 'गुरुजन प्रेम केन्द्र' की स्थापना की है, जिसे उसके माँ-बाप ने ही नहीं, मेरे माँ-बाप ने भी अपनी सारी जमा-पूँजी और श्रम समर्पित कर दिया है।

ख़बर यह भी है कि उसकी सच्चाई और ईमानदारी से प्रभावित होकर प्रवासी भारतीयों ने भी अर्थ की बड़ी राशि उसे निरन्तर भेजने का आश्वासन दिया है।

हाल ही में यह सूचना भी मिली कि विभिन्न जगहों में कई एक माँ-बाप ऐसे ही केन्द्र खोलने की पहल कर रहे हैं।

ये आँकड़े सुनकर स्तब्ध हूँ और सोचने को बाध्य भी कि क्या सच ही सरला के कृत्य कोहेनूर से प्रतिद्वन्द्विता कर रहे हैं?

❑ ❑ ❑

गयी और मैंने उसे आँसू-भरी आँखों से अपने आलिंगन में भर लिया।

तभी पीछे से सदा की तरह, सटीक टिप्पणी करने में माहिर माता जी की प्रेमल आवाज़ आयी, ''सरला बेटा! तू तो साक्षात कोहेनूर है! बस तेरे ऊप्पर तो समय की धूल 'जमगी' थी।'' सरला ने अपनी पीठ थपथपाते उनके दोनों हाथों को कस कर पकड़ लिया और पल भर में जवानी से बचपन की यात्रा तय करते हुए उनसे ज़ोरों से चिपक गयी। उसकी आँखों से, मूसलाधार झड़ी की तरह, आँसू बरस रहे थे। उसके आँसुओं में सदियों का अन्धकार, चक्रवात, पतझड़, हताशा, निराशा, अकेलापन आदि भरे पड़े थे, जो थमने का नाम नहीं ले रहे थे।

अन्त में हिचकियाँ खाते उसके शरीर को झकझोरकर माँ ने कहा, ''सरला! या घड़ी आनन्द मणाने की है। 'रोण' की नहीं! मैंने तुझे कोहेनूर कहा है ना? तो तू वैसी ही चमक और कठोरता को अपना बाहरी जामा बनाकर आगे बड़। ध्यान रहे कि तेरा मन सदा फूल-सा कोमल रहे, पर शरीर कँटीली झाड़ी। तू इन दोनों को मिलाकर ही इस दुनिया को जीत पाएगी।

''तेरे आज के ये आँसू! ये अन्तिम आँसू होणे चाहिए, जिन्हें तू अघल्य की तरह जरूरतमन्दों को चढ़ाकर अपनी इस जीत के बीज जनमानस में बो दे—ताकि तेरे जैसी अनेकानेक सन्तानें टूटे-बिखरे माँ-बापों के हितों की रक्षा कर पाएँ।''

सुनने में आया है कि सरला ने अपने बूते पर एक 'गुरुजन प्रेम केन्द्र' की स्थापना की है, जिसे उसके माँ-बाप ने ही नहीं, मेरे माँ-बाप ने भी अपनी सारी जमा-पूँजी और श्रम समर्पित कर दिया है।

ख़बर यह भी है कि उसकी सच्चाई और ईमानदारी से प्रभावित होकर प्रवासी भारतीयों ने भी अर्थ की बड़ी राशि उसे निरन्तर भेजने का आश्वासन दिया है।

हाल ही में यह सूचना भी मिली कि विभिन्न जगहों में कई एक माँ-बाप ऐसे ही केन्द्र खोलने की पहल कर रहे हैं।

ये आँकड़े सुनकर स्तब्ध हूँ और सोचने को बाध्य भी कि क्या सच ही सरला के कृत्य कोहेनूर से प्रतिद्वन्द्विता कर रहे हैं?

❑ ❑ ❑